Heinrich B. Siedentopf
Halbschatten

AF209993

Die Deutsche Nationalbibliothek verzeichnet diese Publikation in der Deutschen Nationalbibliografie; detaillierte bibliografische Daten sind im Internet über dnb.d-nb.de abrufbar.

Titelbild:	Sonnenuntergang, Wikimedia Commons
Layout und Satz:	www.estcreativity.de
Herstellung und Verlag:	Books on Demand GmbH, Norderstedt
Herausgeber:	Adrian Siedentopf Telefon: 08801 95068, E-Mail: adrian@estcreativity.de Bahnhofstraße 29, 82402 Seeshaupt

2010 © Heinrich B. Siedentopf

ISBN: 9783839166109

Heinrich B. Siedentopf

Halbschatten

Drei Partien surrealer Erzählungen

Der Stubenprophet

VOR GESCHLOSSENER TÜR

Der Eingang des alten Mietshauses tönte, und eine dunkel gekleidete Frau mittleren Alters, das unbedeckte Haar zu einem Knoten geschlungen, stieg langsam die Treppe hinauf. Sie hatte nichts bei sich. Im zweiten Stockwerk blieb sie vor einer verglasten Wohnungstür stehen. Nach kurzem Besinnen drückte sie den Klingelknopf. Sie wartete. Nichts bewegte sich hinter der geriffelten Glasfläche. Niemand öffnete.

Einer der Hausbewohner grüßte flüchtig die Wartende. Als er mehrere Stunden später zurückkam, stand die Frau noch vor der Tür. Diesmal ging er ohne Gruß an ihr vorüber.

Abenddunkel im Treppenhaus. Die Beleuchtung sprang jeweils für eine kurze Frist an für die heimkehrenden oder ausgehenden Mieter. Sie wunderten sich wohl, dass die Frau, die sie schon tagsüber gesehen hatten, noch immer vor der Tür stand und diese unbewegt anblickte.

Als sie am nächsten Morgen auch noch dort stand, machte ein junger Pressefotograf, der aus der obersten Etage herunterkam, aus alter Gewohnheit eine Aufnahme von ihr. Auch am Abend desselben Tages fotografierte er die Wartende, ebenso am nächsten und übernächsten Tag.

Die Frau begann zu altern. Die Mieter sahen schon nicht mehr zu ihr hin. Sie hatten sich an ihren Anblick gewöhnt. Die Hausmeisterin dachte: 'Soll sie doch warten, bis sie schwarz wird!'

Der Fotograf aber beobachtete und fotografierte die Wartende weiterhin. Er fing in seinen Aufnahmen ein, wie sie begann sich vornüber zu neigen, wie ihr Gesicht vergilbte, die Augen sich in Hornknöpfe verwandelten, das Haar ergraute. Mehr und mehr sank sie zusammen, aber sie wartete noch immer.

Als sie nach vielen Tagen bis in Kniehöhe in sich zusammengesunken war, griff die Hausmeisterin durch. Sie kam mit Eimer, Schippe und Handfeger und stieß die Wartende an, die daraufhin zu einem Haufen Kehricht zusammenfiel. Die Gestrenge kehrte alles zusammen und warf es in den Eimer. – „Ordnung muss sein!" murmelte sie, legte Schippe und Handfeger darüber und begab sich mit dem Unrat in den Keller.

GÖTTERBESUCH

Familie Brendler, Vater, Mutter und zwei heranwachsende Töchter, Leute von schlichtem Gemüt, saßen im Wohnzimmer und spielten *Schwarzer Peter*.

Die Gartenpforte quietschte, und drei weibliche Gestalten wandelten über den Rasen auf die Familie zu. Die Damen sahen einander zum Verwechseln ähnlich. Sie gingen barfuß und trugen enganliegende lange weiße Hemden, die ihre Arme freiließen. Auf die Schultern fielen ihnen zapfenförmige Haarsträhne. Brendlers legten ihre Karten hin und standen auf. Zu ihrem

Schrecken wuchsen die Besucherinnen je näher sie kamen. Als sie grüßend eintraten, mussten sie sich neigen. Im Zimmer berührten ihre Häupter die Decke.

„Meine Güte!" stöhnte die Mutter und setzte sich. Der Vater blieb stehen. Er zitterte. Die Schwestern begannen zu weinen.

„Wer sind Sie?" stotterte der Vater.

„Sie haben Götterbesuch!" antwortete eine der Riesigen. „Wir sind die Chariten, die Göttinnen der Anmut! – Ich bin Agleia, der Glanz!"

Die zweite sprach: „Ich bin Euphrosyne, der Frohsinn!"

Die dritte sagte: „Ich bin Thalia, die Blühende! – Wir sind Lieblinge der Götter."

Der Vater: „Was wünschen Sie? – Bitte verschonen Sie uns! – Wir geben Ihnen auch alles was wir haben!"

„Wir brauchen nichts, wir nehmen nichts, *wir geben!*" erwiderten die Drei im Chor.

Agleia fügte hinzu: „Sie sollen von uns nur erfahren, dass es etwas anderes gibt als den grauen Alltag und vielleicht einmal ein dummes Spielchen."

Euphrosyne: „Dass es Höheres gibt."

Thalia: „Dass die Götter leben."

Agleia, der Glanz, beugte sich herunter und legte einen feine Lichtblitze schießenden großen Karfunkelstein zwischen die Spielkarten auf den Tisch.

„Dies nehmt als ein Geschenk und zur Erinnerung an uns. – Lebt wohl!"

Damit schritten die Drei zur Tür, beugten sich nieder

und wandelten, sich verkleinernd, über den Rasen davon zur Gartenpforte.

Sprachlos verharrten Brendlers. Zögernd wandten sich ihre Blicke dem feine Lichtblitze schießenden Karfunkelstein zu. Wie schön! – Aber auch fremd und grausig! – Sie verließen das Wohnzimmer und begaben sich, etwas zu essen, in die Küche.

Zur Nachtzeit schauten Vater und Mutter noch einmal ins Wohnzimmer. Der Karfunkelstein lag noch auf dem Tisch und schoss feine Lichtblitze.

Am nächsten Morgen nach dem Frühstück, die Kinder waren schon zur Schule gegangen und der Vater im Büro, zog Mutter Brendler Handschuhe an, ging ins Wohnzimmer, nahm den Karfunkelstein, trug ihn in den Keller und schloss ihn weg.

BEIM KLAUSNER

Der große Krieg war vorüber. Es folgten Zeiten der Unbehaustheit, der Armut und des Hungers. Dennoch lebten Hoffnungen und Mut wieder auf. Der Schutt wurde langsam weggeräumt, in den Geschäften gab es erste lang entbehrte Nahrungsmittel, ein paar Automobile klapperten vorüber, und in den Schulen begann der Unterricht.

Auf einer öden Straße am Rand der Stadt trödelte, sein Ränzlein auf dem Rücken, ein dürftig aussehender Schüler vor sich hin. Es war am späten Vormittag, und der Schüler auf einem neuen Weg zur Behausung seiner Familie, einer Flüchtlingsfamilie.

An einer zerstörten, stillliegenden Fabrikanlage blieb er stehen und blickte in die Landschaft eingestürzter Hallen, ragender Mauerreste, geplatzter Riesenkessel und Schutthalden. Er entschloss sich, das Gelände zu betreten, streifte neugierig darin herum und weidete sich an den Bildern der Zerstörung. Als er an eine schmale, in die Tiefe führende Treppe kam, die früher wohl überbaut gewesen war, schreckte er auf, weil an ihrem Fuß knallend ein hölzerner Deckel zufiel.

Angelockt vom Verborgenen und Verbotenen stieg er einige Stufen hinab, in deren Winkeln schwarze Tierexkremente lagen. Als er sich dem verschlossenen Deckel näherte, öffnete sich dieser, und eine mächtige bauchige Gestalt in dunkelbrauner Kutte, die aus Leder zu bestehen schien, schob sich aus der engen Öffnung. Das Wesen erinnerte an ein Nilpferd und schnaufte auch wie ein solches. Aus dem verlederten Gesicht leuchteten kleine blaue Augen. Ein Klausner? – Dieser staunte über den unerwarteten Besuch und bat den Schüler mit tiefer verschleimter Stimme, näher zu kommen.

Der Schüler suchte wundersame Dinge, auch geschlechtlicher Art, für seine Erlebnissammlung. Daher ging er die Treppe vollends hinab und hockte sich vor dem Klausner nieder. Dieser wälzte sich in seine Klause zurück, die er zu gut zwei Dritteln ausfüllte.

Von der Leibesfülle des Klausners eingeengt, saß darin noch ein schlanker Jüngling im Dämmerlicht. Er hielt einen kleinen gläsernen Spirituskocher, nahm die Verschlusskappe ab, zog den Docht ein Stück heraus und saugte gierig an ihm.

Der Klausner erklärte: „Von dem Spiritus und einem Holzstück lebt er, der Novize. Beides entwickelt viel Energie. Auch ich habe lang davon gelebt, und du siehst, wie groß und stark ich geworden bin. Auch ich war einst rank und schlank bevor die heilige Speise bei mir anschlug. Der Novize wird von ihr auch noch groß und stark werden. Dabei nehmen die heiligen Speisen nicht ab."

Nachdem der Novize den gläsernen Kocher wieder verschlossen und seinem Meister gereicht hatte, nahm er das Holzstück und lutschte und knabberte mit vorquellenden Augen daran.

'Was der Klausner für feiste Waden hat! – Ob er unter der Kutte noch etwas anhat? – Schade, dass ich nicht tiefer hineinspähen kann.'

Damit hatte der Schüler genug gesehen und fügte seiner Sammlung ein neues Erlebnis hinzu. Er zögerte den Abschied noch hinaus, weil er den Klausner und den Novizen nicht durch ein zu rasches Weggehen kränken wollte. Als er wieder oben war, hörte er, dass der Deckel der Klause wieder knallend zuklappte.

Zum Mittagessen erwarteten ihn Bratheringe, die die Mutter gestern ergattern konnte. – Er mochte diese Heringe gar nicht, aber was macht's, er hatte ja ein neues seltsames Erlebnis im Kasten.

EINER ZWEIMAL

Von ihren Freundinnen Pfiffi genannt, schrieb sie, die Witwe eines bedeutenden Gynäkologen, die in ihrer Jugend einige Semester Kunstgeschichte studiert hatte, in ihr Tagebuch:

Das Wetter schlecht. Regen den ganzen Tag. Ordnung gemacht. Beim Einkaufen die alte Baxter getroffen. Wie hässlich sie ist und wie lästig! – Am Abend Autorenlesung im Volkshaus. Gut hundert Zuhörer. Mein Platz in der Mitte. Lauschte brav den Worten des Autors. Allein die Brille verlieh ihm Charakter. Der Inhalt seines Textes banal. Keine Magie, kein Humor. Der Stil miserabel. Außerdem schlecht vorgetragen. In der ersten Reihe ein junger Mann mit edel geformtem blondem Lockenkopf. Konnte einen Teil seines Gesichts sehen, wenn er zur Seite blickte; mädchenhaft schön. Trug grüne Lodenjacke. Wie jung er war, wie unverbraucht und begehrenswert! Weiter herumblickend entdeckte hinten im Raum einen zweiten jungen Mann mit edel geformtem blondem Lockenkopf, das Gesicht mädchenhaft schön. Auch er in grüner Lodenjacke. Ein Zwillingsbruder des Jünglings in der ersten Reihe? – Zwillinge pflegen eigentlich zusammen zu sitzen. Ein Doppelgänger vielleicht? – War es der eine oder der andere zweimal? – Über Verdoppelung und Gegenbilder nachgedacht. Wartete beim Ausgang auf die Beiden, aber es kam nur einer. Ob der Zweite in ihm steckte? – Schaute ihm in die Augen, hätte gern ein Gespräch mit ihm angefangen, ihn berührt. Doch der doppelt Schöne wandte sich ab. Wie scheu er war! – Welcher Gegensatz zur alten Baxter!

KARLA KLITSCHMÜLLER

Sie stand im Vorplatz ihrer Wohnung vor einem hohen, mit vergoldetem Schnitzwerk eingefassten Spiegel, Erbstück der alten adligen Dame, mit der sie befreundet gewesen, und deren antik eingerichtete Wohnung sie immer so bewundert hatte. Die eigenen Zimmer im ersten Stockwerk ihres Hauses – sie lebte von der Vermietung des Erdgeschosses und einer Dachwohnung – waren nicht nach ihrem Geschmack eingerichtet. Sie litt unter dem Mobiliar. Am liebsten hätte sie es weggegeben, aber die Pietät verbot es. Ihr schon vor vielen Jahren verstorbener Mann hatte die seinerzeit modernen, plump monumentalen Möbel von ihrer Mitgift erworben. Sie hätte sich so gern mit Möbeln nach antiken Vorbildern eingerichtet. Immerhin hatte sie von ihren Eltern einige alte Schätze geerbt: Porzellan, Silber, ein paar schöne Gläser, sowie ein stimmungsvolles Blumenstillleben.

Die vor dem Spiegel Stehende rückte ihren mit einem Halbschleier dekorierten Hut zurecht. Der Mantel war bereits angelegt. 'Warum nur diese banalen Möbel, und warum nur heiße ich Klitschmüller, Karla Klitschmüller. Warum bin ich nicht die Baronin Eveline von Biuteni, von der ich in meiner Jugendzeit geträumt hatte?'

Als Baronin Eveline begab sie sich zum Café Röppler.

Vor der Tür des beliebten Lokals hielt sie einen Augenblick inne. Sie dachte an ihren verstorbenen Mann, der ihre Wünsche und Gedanken verachtet hätte.

Die Nase ein wenig erhoben, trat sie ein. Der Kellner nahm ihr den Mantel ab und geleitete sie zu ihrem gewohnten Platz an einem Ecktischchen, von wo aus sie gute Übersicht hatte.

„Was darf ich Ihnen bringen. Gnädige Frau?"

„Ein Kännchen Schokolade bitte, ein Stück Apfeltorte und ein Glas Wasser!"

Sie schaute sich um. Da saßen einige Gäste, die sie schon mehrmals gesehen hatte, aber auch Unbekannte. Unter diesen erregte ein Herr mittleren Alters ihre Aufmerksamkeit. Ungeordnet hing ihm das Haar in ein verlebtes Gesicht. Am Finger trug er einen Ring mit übergroßem giftgrünem Stein. Irgendwoher schien sie den Herrn zu kennen. Vor ihm stand ein leeres Whiskyglas.

Der Kellner brachte die gewünschten Erquickungen, und der Herr mit dem Ring begann, sie unentwegt anzuschauen. Dabei spielte er mit den Fingern auf der Tischplatte. Beunruhigt nahm Karla, will sagen Baronin Eveline, einen Schluck Schokolade. Auf einmal erhob sich der Herr und trat verbindlich lächelnd – ach, du meine Güte! – auf sie zu.

„Entschuldigen Sie vielmals, darf ich etwas fragen? – Gestatten, Schmolinski, Manfred Schmolinski!"

Sie hatte den Namen wohl schon gehört. Der Herr musste bekannt sein.

„Ich bin Filmemacher", fuhr er fort, „und plane ein Lichtspiel über das Schicksal eines Liebespaars an einem Fürstenhof in der Zeit vor dem ersten Weltkrieg. In üppig ausgestatteten Räumen und paradiesischen Gärten werden Tanz- und Gelageszenen spielen, Liebesabenteuer, Intrigen, Hass und Verbrechen. Auserlesen wohlgestaltete Akteure agieren in erlesenen Gewändern. – Eine wichtige Rolle, die Fürstin Alexandra, konnte ich bislang nicht besetzen. – Da sind Sie mir aufgefallen. – 'Das ist sie, dachte ich. – Das ist Fürstin Alexandra!'

„Nun ja!" erwiderte Karla Klitschmüller erbleichend. Schmolinski setzte sich zu ihr und nahm ihre Hand.

„Sie sind es! – Sie sind die Fürstin Alexandra! Bitte, ich brauche Sie! Wie heißen Sie? Wo wohnen Sie?"

„Nun ja! – Ich wohne hier, Stadtgraben Nummer drei, und heiße Eveline von Biuteni, Baronin Eveline von Biuteni."

„Aha, aha! – Das fügt sich bestens! – Wann dürfen wir sie zu Probeaufnahmen erwarten? Schon morgen vielleicht?"

„Aber …!"

„Wir holen sie morgen ab, Baronin, um zehn Uhr!"

Damit stand Schmolinski auf, küsste der Sprachlosen die Hand und verließ eilig das Café.

Karla trank ihre Schokolade aus, verzehrte den Rest des Kuchens und nahm noch einen Schluck Wasser.

Bewegt und erregt kam sie zuhause an, stellte die Handtasche weg und warf den Mantel ab. Noch im Hut schritt sie ins Wohnzimmer. Dort trat sie vor das große

Blumenstilleben wie vor ihren Spiegel. Es war ein wirkungsvoll gestaltetes Bild.

'Ach, ihr Schönen! – Eure Wirklichkeit ist vergangen. Im kunstvollen Abbild aber ist sie erhalten geblieben. So wird Schmolinstki auch mich, zur Fürstin erhöht, verewigen.'

Nach diesen Gedanken ließ sich Karla auf dem ungeliebten Sofa nieder, nahm den Hut ab und sann erwartungsvoll vor sich hin …

DAS BRENNENDE BUCH

Das Wohnzimmer der Familie eines Physiklehrers blickte durch zwei Fenster über einen still dahinziehenden Fluss auf hochgewachsene Eschen. Zwischen den Fenstern erhob sich ein schwerer dunkelbrauner Bücherschrank im Renaissancestil mit verglasten Türen, durch die man die Rücken von Meyers Konversationslexikon sah, eine Prachtausgabe von Brehms Tierleben, sowie eine Reihe solide gebundener Werke deutscher Klassiker. Auswärtige oder neuere Literatur war nicht zu sehen. Dem Bücherschrank gegenüber und neben der Tür zum Vorplatz, war eine lederbezogene, wenig benutzte Sitzgruppe aufgestellt. An der Wand zur Linken prangte eine Kommode im Stil des Bücherschrankes, die, wie er, kaum geöffnet wurde. An der Wand zur Rechten ragte, neben einer zweiten Tür zum Zimmer der zehnjährigen Tochter, eine mächtige Standuhr. Sie wurde regelmäßig aufgezogen.

In der Mitte des Zimmers aber, auf einem runden Tischchen, das ein fransengesäumtes dunkelgrünes Tuch bedeckte, lag ein prunkvoll eingebundenes dickes Buch im Kanzleiformat. Wie ein Denkmal war es ausgestellt, unbewegt und ungelesen wie die Bücher im Schrank. Dabei enthielt es neben sinnigen Gedichten und Texten zur Unterhaltung und des Wissens zahlreiche erbauliche Abbildungen.

Eines nachts, die Standuhr hatte gerade Zwölf geschlagen, erwachte die Tochter des Hauses und bemerkte durch die angelehnte Tür zum Wohnzimmer, dass da noch Licht war, kein Lampenlicht, sondern ein unruhig flackernder hellvioletter Schein. Das Mädchen stand auf, ging zur Tür und sah: Das große Buch auf dem Tischchen in der Raummitte brannte lichterloh. Hellviolette Flammen umzüngelten es. Auf das entsetzte Rufen des Mädchens hin, kamen Vater und Mutter in Nachtkleidung herbeigeeilt, und auch sie sahen voller Schrecken, wie das Buch brannte, brannte, ohne zu qualmen, oder schwarz zu werden.

Der Studienrat bekam nach Augenblicken höchster Verwunderung einen Hustenanfall. Daraufhin ging das Feuer aus, und es wurde dunkel. Die Mutter lies die Deckenlampe aufleuchten. Vorsichtig näherte man sich dem runden Tischchen. Unbeschädigt lag das große Buch darauf. Die Oberseite mit der Darstellung der Germania in Prägedruck fühlte sich wächsern glatt und kühl an wie immer.

Was hatte das zu bedeuten? – Mutter und Tochter sahen den Vater fragend an. Er wusste es nicht. Das Geschehene lag jenseits aller physikalischen Gesetzmäßigkeiten.

ÜBERRASCHUNG

Die Knaben Heinz und Holger saßen am Nachmittag bei ihrer Mutter im Wohnzimmer, dessen Fenster aus der zweiten Etage eines von höheren Beamten bewohnten Mietshauses auf die Straße blickten, die hier endete, von einem Bachlauf abgeschnitten.

Die Brüder saßen an einem schweren ovalen Tisch in der Mitte des geräumigen Zimmers und spielten *Mühle*. Der Tisch – es war der Esstisch der Familie – stand auf einem graugrünen Webteppich mit orientalischem Dekor. Darüber hing ein Messingleuchter altflämischer Form.

Die Mutter saß mit einer Stopfarbeit an ihrem Nähtisch. Er war wuchtig und geradlinig gestaltet wie alle Möbel des Zimmers, die einer Werkstatt aus der Zeit kurz vor dem zweiten Weltkrieg entstammten.

Auf dem Nähtisch waren kleine Silbersachen aufgestellt und eine gerahmte bunte Postkarte, einen Bauersmann in Vorderansicht mit zwei Rössern beim Pflügen darstellend, im Stil aus der Zeit der Möbel. An der Wand darüber hing die Akelei von Albrecht Dürer. Über dem wuchtigen Vitrinenchrank und der Anrichte schmückten die hellgrün tapezierten Wände großformatige Drucke impressionistischer Landschaftskunst. Die Mutter blickte gelegentlich zu einer kleinen, quadratisch gerahmten Uhr. Sie stand in einem offenen Fach über dem in den Vitrinenschrank eingebauten Schreibschrank.

Der Nachmittag schritt langsam fort. Das Abendessen musste vorbereitet werden, um pünktlich aufgetischt zu sein, wenn der Vater, Professor Osterloh, Direktor des Mathematischen Instituts der Universität, nachhause kam. Auch die Knaben blickten gelegentlich zur Uhr. Sie dachten an den Vater, mit dem sie ein ähnlich unterwürfig respektvolles Verhältnis verband wie die Mutter.

Der Vater war ein verlässlicher Mann, der alles besser wusste, alles bestimmte und zumaß. Der Mächtige hatte aber auch Schwächen. Er brach öfters in Jähzorn aus und war von Ängsten heimgesucht.

Die Mutter blickte erneut von ihrer Arbeit auf. Noch Zeit.

Erschreckend verfrüht klapperten die Schlüssel des Vaters, und er kam ins Zimmer, gelöst und wohlgelaunt.

„Wenn ihr wüsstet, was ich mitgebracht habe!" verkündete er. „Ihr wisst es nicht? – Nun, ihr wisst ja nie etwas! – Dann schauen wir doch, was da vor dem Haus steht. – Kommt!"

Die Mutter und die Söhne folgten ihm. Und sie sahen: Vor der halbmannshohen Mauer, die den kahlen Vorgarten des Hauses von der hier zumeist leeren Straße trennte, wölbte sich der braune Rücken eines Personenkraftwagens.

Der Vater: „Seht ihr wohl, das ist's, und das gehört jetzt uns! "

Sich gebührlich überrascht zeigend, stürzten Heinz und Holger neugierig hin. In würdiger Gemächlichkeit folgten die Eltern.

„Na, da staunt ihr!" rief der Vater – „Feine Sache, was? – Schaut es nur genau an!"

Die Jungens betasteten das Dach des Automobils. Es war zu ihrer Verwunderung nicht metallisch glatt und kühl, sondern fühlte sich weich und warm an. Es war Leder, das sie betasteten, dickes, narbiges Leder, Rindsleder. Das ganze Automobil war aus Leder gefertigt, ließ sich überall leicht eindrücken, und die Fenster, die aus Celluloid bestanden, bogen sich mit.

Die Eltern sahen ihren Sprösslingen zu; die Mutter verlegenem lächelnd, der Vater mit einem Ausdruck befriedigten Stolzes.

„Steigt ein!" forderte er.

Die Tür des Automobils war wie bei einer Aktentasche durch eine Lederschnalle geschlossen. Mittels ihres Schiebers ließ sie sich öffnen, und die Buben öffneten. Noch draußen stehend, blickten sie in das Innere. Es umfing sie Ledergeruch wie aus ihren Schulranzen. Sie stiegen ein. Die Tür ließen sie offen. Das Gefährt hatte keinen Boden. Zwischen allerlei Gestängen sah man auf das Straßenpflaster. Die von der Hoffnung auf herrliche Fahrerlebnisse Ergriffenen nahmen wohl alles zur Kenntnis, aber sie begriffen nicht recht. Das Ganze erschien ihnen wie ein Traum. Waren sie doch fantasievoller als der Vater, der alles nüchtern zu durchschauen pflegte. Ungewöhnlich geduldig beobachtete er seine Söhne, während die Mutter verschwand: Das Abendessen!

Die Brüder schauten, tasteten herum und bewegten das Lenkrad, bis der Vater rief: „Genug für heute!"

Gehorsam stiegen sie aus dem Wunderwerk, schlossen behutsam die lederne Tür und folgten dem Vater mit Seufzern der Begeisterung, aber auch mit einem leisen Gefühl des Unbehagens.

Beim Abendessen wurde wenig gesprochen von der Überraschung. Die Brüder blickten sich oft an und stießen sich unter dem Tisch mit den Füßen. Sie gingen früh zu Bett. Sie schliefen lange nicht ein und tuschelten über das wunderbare, wenn auch irgendwie verdächtige Automobil.

„Vielleicht dürfen wir morgen damit ausfahren!"

„Zum Freibad etwa."

„Oder zum Schlosspark."

„Herrlich!"

„Warum es nur keinen Boden hat?"

„Und ledern ist?"

„Es ist halt so."

Das Wunderwerk erinnerte sie etwas an die Bücher, die der Vater ihnen gibt, und zu ihrer Qual später darüber verhörte.

O, DAS WIRD GROSS!

Horst Krautmann, ehemaliger psychologischer Berater in einer großen einheimischen Fabrik, arbeitete in seinem Garten vor dem Haus. Er hatte eine stämmige Gestalt mit unproportioniert kurzen Beinen. Das majestätische Haupt, aus dem hervorquellende Augen blickten, wurde von einer graumelierten Mähne bekrönt. Die Wangen überzog struppiger Bartflaum. Krautmann war ein Choleriker, gebrauchte Kraftausdrücke, und seine dicken Lippen bebten, ja schlotterten beängstigend bei Erregungen oder im Zorn. Ein schwieriger Mensch! – Bei Tisch ließ er gern Weisheiten vernehmen, und machte Vorschläge, die zumeist mit den Worten begannen: man sollte, man müsste, das wichtigste wäre …

Lea, seine zierliche und gescheite Gattin, hörte aufmerksam zu und widersprach nie. Fünf Söhne hatte sie ihm geschenkt. Vier von ihnen waren längst aus dem Haus, nur der zwölfjährige Nachkömmling Julian lebte noch bei ihnen. Lea hatte zwei kleine Bücher verfasst über Erlebnisse ihrer Kindheit und Soldatenschicksale in ihrem Heimatdorf. Krautmann hatte die anmutig geschriebenen Arbeiten nur kurz, mit verächtlicher Miene und herabsetzender Kritik zur Hand genommen. Dabei konnte er selbst keine Veröffentlichung vorweisen.

An einem heiteren Frühlingstag aber berichtete Julian den Nachbarn, 'diesen Narren', wie der Vater sie lauthals bezeichnete, dass er nun auch an einem Buch arbeiten würde, an einem Buch über Gott.

Julian war von eigenartiger Schönheit und hatte grüne Augen mit einem verschlagen schillernden Blick.

In der Folge von Julians Bericht sah man Krautmann kaum noch im Garten. Er hatte sich eingeschlossen und brütete über einem Stoß leerer Papiere. Daneben lag die Familienbibel.

'Ich werde etwas Großes, Bewegendes schaffen, etwas ganz Großes, nicht solche kleinen banalen Dinge wie Lea. Über ihn will ich schreiben, über ihn, den Einzigen, Ewigen, den Schöpfer und richtenden Vater der Welt'.

Erschüttert über sein gewaltiges Vorhaben erhob Krautmann sich von seinem Schreibtisch, ging auf und ab und setzte sich wieder vor die leeren Papiere. Wie sollte er anfangen, womit beginnen? – Das Wichtigste ist immer der Anfang!

Endlich sagte er sich: 'Die Schöpfungsgeschichte! – Ich werde mir zunächst die Schöpfungsgeschichte vornehmen.'

„Essen kommen!"

Mit diesem Ruf wurde sein Brüten von der Mutter unterbrochen. Mit prophetisch flammenden Augen trat der Vater aus seinem Zimmer, mächtig, mit zitternden Lippen, aber doch hungrig.

Beim Nachtisch rief er: „Man erreicht alles, wenn man weiß was man will! Und ich weiß was ich will!"

Danach schloss er sich, gestärkt, wieder ein. Wochenlang, monatelang rang er vor leeren Papieren, am Stift kauend, die Bibel auf- und zuklappend, sich zurücklehnend und wartend, dann wieder sich zum schreiben vorbeugend. Endlich notierte er: *Und es ward Licht … Und Gott sah, dass es gut war …*

Während des Essens stieß er zunehmend prahlerische Worte aus wie: 'Es geht los! – Ich hab's! – O, das wird groß!'

Weiter rang er tagelang, wochenlang, monatelang vor den noch immer so gut wie leeren Papieren, die Bibel auf- und zuklappend, sich zurücklehnend und wartend, dann wieder sich vorbeugend und doch nichts schreibend.

Julian beobachtete nicht ohne Schadenfreude den Kampf des Vaters, merkte sich seine Verkündigungen bei Tisch, und berichtete den Nachbarn mit schillernden grünen Augen.

An einem verregneten Vormittag im Herbst hörte man den Vater in seinem Gehäuse lärmen, wüten und einen das ganze Haus erschütternden Schrei ausstoßen. Keinen Verzweiflungsschrei, sondern einen Wutschrei.

Während der Mahlzeit, schlug er mit den Fäusten plötzlich auf den Tisch, blickte um sich und rief: „Dem piss ich in seine Kirche und scheiße noch drauf!"

Betretendes Schweigen, bis die Mutter leise sagte:

„Aber Horst!"

Julian sah mit schillerndem Blick vor sich hin. Er würde auch über das Ende des großen väterlichen Vorhabens den Nachbarn genau berichten.

Für Dorothée

DER TOD UND DAS MÄDCHEN

Endlich hatte Meta, ein gefühlvolles junges Mädchen, die Bergstation erreicht. An der Seite hing ihr ein Brotbeutel, aus welchem der Hals einer angetrunkenen Mineralwasserflasche hervorschaute. Meta war nicht in einer Gondel heraufgekommen, sondern zu Fuß. Denn die Seilbahn war aufgelassen, ihre Seile gekappt, und verödet blickte die Station keiner Zukunft entgegen. Meta hatte den Weg hierher gemacht, weil sie so schöne Erinnerungen an die Seilbahn hatte, als sie noch im Betrieb war.

Ergriffen von den Erscheinungen der Auflösung umschritt Meta die Anlage. Die Fenster waren zum Teil zerschlagen, auch innen war vieles zerstört. Das Kassenhäuschen hatte man in Stücke gerissen. In den türlosen Toilettenräumen waren die Klosettschüsseln zerscherbt.

Meta dachte: 'Dem Aufgegebenen wird gern noch nachgetreten.'

Nur die hochragenden Wände zeigten sich unangetastet. Ein kühler Hauch strich darüber hin.

In der leeren Halle der ehemaligen Abfahrt und Ankunft der Gondeln, durch deren weite Öffnung sich ein Ausblick sowohl ins weite Land bot als auch in erschreckende Tiefen, stand zu Metas Überraschung eine Ruhebank, und auf dieser saß jemand. Ein magerer Mann war es, in grünlichbeigem Mantel aus dünnem

Stoff und mit einem weiten schwarzen Hut, der ihm in die Stirn gerutscht war. Seine Augen verbargen sich hinter den Gläsern einer dunklen Brille.

Meta, die keine Scheu vor fremden Menschen hatte, ging auf ihn zu und begrüßte ihn. Er hob den Kopf und erwiderte ihren Gruß. Dabei erschrak sie über sein lehmfarbenes Gesicht mit der stumpfen Nase und dem dünnlippigen, starren Mund. Den Blick seiner Augen konnte sie durch die Gläser der Brille nicht wahrnehmen. Die Hände hatte er auf den Schoß gelegt. Ein Duft ging von ihm aus, der Meta beängstigte. Ob sie sich ein wenig zu ihm setzen sollte? – Doch sie blieb lieber stehen und schaute auf die vorgestreckten Füße des Mannes. Sie staken in neuen Schuhen, und wenn er sich bewegte, rieselte aus den Hosenbeinen ein wenig Sand auf sie.

„Sie sehen, ich beginne mich aufzulösen! – Dagegen müssen wir etwas tun!" murmelte der Mann, und die Gläser seiner Sonnenbrille blinkten Meta an. „Ich benötige Wasser. Können Sie mich nicht ein wenig begießen, meine Liebe?"

Meta überlegte. Sie sah, wie der Sand reichlicher auf seine Füße rieselte. Wasser gab es hier oben nicht mehr. Sie griff zu ihrer Umhängetasche und zog die angetrunkene Flasche mit dem Mineralwasser heraus, drehte den Verschluss ab, behielt ihn in der einen Hand und goss vorsichtig mit der anderen den Rest des Wassers über die Schuhe und die unteren Partien der Hosenbeine des Mannes wie über eine welkende Pflanze.

Der Erquickte atmete auf, lächelte starr und lehnte sich zurück. „Du hast mir wohlgetan! – Ich danke dir!".

Meta schob die leere Flasche in ihren Beutel. Sie verabschiedete sich, und blickte noch einmal ins weite Land und die erschreckenden Tiefen. Sie machte sich auf den Weg.

„Wir sehen uns noch einmal wieder!" rief ihr der Mann nach. „Aber nicht allzu bald!"

Meta schritt jetzt geschwind bergab. Da brauchte sie kein Wasser mehr.

JUGEND FORSCHT

„Beeilt euch!" rief die Mutter ihren Söhnen Kurt und Karsten zu.

„Trödelt nicht immer so herum!" brummte der Vater, Doktor Döge, der unermüdlich die Hoffnung hegte, dass seine Beiden nach dem Abitur auch einmal Akademiker, vielleicht sogar große Erfinder wurden. "Wir dürfen auf keinen Fall zu spät kommen! – Es ist wichtig", fügte er hinzu, „vor allem für euch!".

Die Familie eilte zum Gymnasium. Dort sollte die Siegerehrung zweier Schüler im Rahmen des staatlichen Wettbewerbs *Jugend forscht* eröffnet werden.

„Passt gut auf, und nehmt euch ein Beispiel an den Preisträgern!" sagte der Vater. „Ihr solltet über kurz oder lang auch einmal an einem solchen Wettbewerb teilnehmen!"

Kurt und Karsten lächelten vor sich hin und dachten: 'Wir sind doch keine Streber!'

Die Familie nahm im Physiksaal platz. Oberstudienrat Böhnisch, der Physiklehrer, machte sich hinter dem Experimentiertisch mit seinen Vortragspapieren zu schaffen, unter denen auch die Siegerurkunden aus dem Ministerium lagen. Gelegentlich hob er den Kopf und fasste das sich mehrende Publikum ins Auge. Er nickte einigen Honoratioren unterwürfig grüßend zu, der Bürgermeisterin etwa, dem Herrn Schulrat und seiner Gattin, dem reichen Industriellen Bimmler, der seine große schielende Tochter mitgebracht hatte.

Vor der ersten Bankreihe saßen die Preisträger, zwei bleiche Primaner mit scharfen Brillen. Sie sahen einander ähnlich. Beide hielten die Oberlippe vorgeschoben und hatten, leicht nach vorne gebeugt, die Hände über den Knien gefaltet.

Endlich trat der Schuldirektor ein, warf einen Blick auf Böhnisch, schloss die Tür, verbeugte sich gegen die Eltern der Schüler und die Freunde des Gymnasiums. In der ersten Bankreihe ließ er sich erwartungsvoll dreinblickend nieder.

Es wurde still im Saal. Böhnisch begann mit seiner Rede:

„Es ist eine Freude und ein Stolz für die Schule, dass wir Ihnen heute unsere Schüler Andreas Fittich und Joachim Zucker aus der Prima vorstellen können, sowie ihre gemeinsame Forschungsarbeit, für die sie von der landesübergreifenden Kommission *Jugend forscht* ausgezeichnet wurden!"

Auf diese Worte hin wurde lebhaft geklopft und geklatscht. Vater Döge warf seinen Söhnen ermunternde Blicke zu.

Die beiden Preisträger lösten ihre verschränkten Hände, standen auf und verneigten sich gegen den Saal. Sie setzten sich wieder und Böhnisch fuhr fort:

„Sie wissen, dass auf unsere Erde, besonders im Herbst, zahllose Sternschnuppen, genauer Meteoriten, niedergehen. Wenn sie nicht in unserer Atmosphäre verglüht sind, verlieren sich ihre zumeist sehr kleinen Überreste in den Meeren, im Wüstensand, in den Wäldern und Feldern. Wie sollen wir sie dort finden? Gerne würden wir über ihre Zahl und Beschaffenheit genauer bescheidwissen und Statistiken erstellen. Doch wie? – Da hatten unsere Preisträger eine Idee: Man müsste besondere Auffangflächen schaffen. Nach vielen Versuchen hatten sie es, und was sie hatten, darüber sollen sie ihnen nun selbst berichten. Ich bitte sehr!"

Böhnisch trat zur Seite, und die jungen Forscher begaben sich hinter den Experimentiertisch. Vor jedem stand ein mit hellem Brei gefüllter Suppenteller.

Leicht stotternd erklärte Joachim: „Wir stellten zuerst in weitem Abstand voneinander zwei Suppenteller aus Porzellan im Garten von Andreas' Eltern auf. Aber wir fanden nach langem Warten nichts auf dem Grund der Teller."

Andreas fuhr fort: „Die Schnuppen waren wohl auf dem glatten Grund herausgesprungen. Da kochten wir

Haferbrei, und füllten damit die Teller."

Joachim: „Tatsächlich fanden wir schon am nächsten Morgen auf dem Brei in einem der Teller zwei schwarze Körnchen. Es waren winzige Meteoriten!"

Erregtes Gemurmel im Saal. Vater Döge warf seinen Söhnen fordernde Blicke zu.

Joachim: „Wir durchwühlten den Brei der Teller, behält der Brei doch alles was in ihn hineinfällt. Und tatsächlich fanden wir in dem anderen Teller weitere Schnuppen."

Andreas: „In dieser Weise verfuhren wir Tag für Tag. Wir sammelten die Schnuppen und legten Listen an mit ihren Fundtagen. Daraus lassen sich Hochrechnungen erstellen.

Joachim: „Durch mehr Breiteller an mehr Orten würden die Ergebnisse verlässlicher."

Damit begaben sich die beiden jungen Forscher, von erneutem Beifall begleitet, wieder auf ihre Plätze. Vater Döge flüsterte seinen Söhnen zu: „Seht ihr! So muss man es machen!"

Böhnisch verkündete den Schluss der Veranstaltung. Der Rektor überreichte den jungen Forschern die ihm von Böhnisch zugesteckten Siegesurkunden und gratulierte. „Man wird noch von ihnen hören!" rief er ins begeisterte Publikum.

„Das würde ich auch gern einmal über euch sagen hören!" raunte Vater Döge seinen Söhnen zu.

Nachdem die Bürgermeisterin, der Schulrat und der reiche Industrielle den Preisträgern die Hände geschüttelt hatten, strömten die Besucher andächtig murmelnd aus dem Physiksaal.

Als Letzter verließ Böhnisch seinen Platz und schloss die Tür.

Zurück blieben die beiden Teller mit dem Haferbrei. Vergeblich warteten sie hier auf Sternschnuppeneinschläge.

DER AHNHERR

Familie Helmrich bestand aus dem Vater Konrad, einem Buchhalter, seiner Frau Rosine und einer schwächlichen Tochter namens Augusta, die bis lange in den Tag hinein schlief, spazieren ging und keinen Mann finden konnte und wollte.

Von mehreren Generationen ihrer Vorfahren hatten die letzten Helmrichs lebendige Vorstellungen, davor verlor sich die Geschichte der Familie im Dunkel, bis – ganz am Anfang – auf die Gestalt eines Ritters.

Von diesem Ahnherrn hatte der Großvater des Großvaters ein stolzes Wapen, einen Helm mit buntem Federbusch, in ein Album gemalt, unterschrieben in gotischen Lettern mit dem Namen Helmrich.

Die Gestalt des ritterlichen Ahnherren steigerte das Selbstgefühl der Familie, war ihr geheimer Schatz und wuchs durch erzählerische Anlagerungen von Generation zu Generation wie ein Tropfstein. In den Notizen des Urgroßvaters fanden sich erste Berichte über den Ahnherrn.

Der Großvater, durchdrungen vom Geist des Historismus, erweiterte die Notizen. Er stellte dem Ritter ein schönes Burgfräulein als Braut an die Seite, schilderte sein prächtiges Ross, die silberglänzende Rüstung und eine abenteuerliche Pilgerreise nach Jerusalem. Über die Lage der Burg konnte er nur Vermutungen anstellen. Der Ritter musste den Vornamen Konrad getragen haben, wie schon sein Großvater, sein Vater und er selber. Auch seinem Sohn, gab er den Vornamen Konrad. Sein Enkel, der Buchhalter und letzte der Helmrichs, trug ebenfalls den Vornamen Konrad.

Der Großvater ließ ein Brustbild mit prachtvollem Rahmen von ihm anfertigen. In leichter Schrägansicht zeigte es einen silbern gepanzerten, aber barhäuptigen, blondgelockten Jüngling mit schwellenden Lippen, wachen blauen Augen und duftigem Backenbart. Ein stolzes Lächeln lag über seinem Angesicht.

Während der jetzige Konrad, nur noch einen Ritterhelm mit buntem Federbusch samt dem Familiennamen an die Wand neben dem Eingang seines kleinen Hauses malen ließ, war es seine Frau Rosine, die weiter über den Ritter fantasierte.

Nach dem Tod ihres Gatten musste das Haus verkauft werden, und der Käufer übertünchte das Wappenbild neben dem Eingang.

Mutter Rosine zog mit ihrer Tochter in eine bescheidene Mietswohnung, und mit immer neuen Bereicherungen erzählte sie weiter vom Ahnherren, von seinen Raubzügen und Kämpfen mit verfeindeten Rittern.

Jagden erquickten ihn und üppige Zechereien im Ritter-saal seiner Burg. Zur Erheiterung schilderte Rosine auch den Burgabtritt. „Der kastenförmige steinerne Sitz mit der runden Öffnung befand sich in einem kleinen Erker über dem Abgrund des Burggrabens", erzählte sie. „Eine Wasserspülung war da nicht nötig."

Den Erzählungen Rosines lauschte zuweilen auch Frau Büge, eine Nachbarin, die Rosine und Augusta nicht zuletzt wegen ihres ritterlichen Ahnherrn verehrte.

Als Rosine starb, musste die schwächliche und so gut wie mittellose Tochter die Mietswohnung aufgeben und ein kleines Heimzimmer bewohnen. Von zuhause hatte sie zum Andenken das Album mit den Notizen über den Ahnherrn mitgenommen sowie sein Bildnis. Neue Fantasien über den Ahnherren vermochte sie nicht zu schöpfen. Sie las auch die Aufzeichnungen nicht, aber betrachtete gern das Bildnis des silbern gepanzerten, aber barhäuptigen, blondgelockten jungen Ahnherren mit den schwellenden Lippen, den wachen blauen Augen, und dem duftigen Backenbart. Das stolze Lächeln über seinem Angesicht ließ auch sie stolz lächeln.

Im Übrigen schrumpfte Augusta allmählich zusammen, begann zu husten und wurde bettlägerig.

Eines Nachts schlug es dröhnend an die Tür ihres Zimmers. Die Aufgeschreckte, nachdem sie Licht gemacht, bat mit schwacher Stimme, einzutreten. Die Tür sprang auf, und herein stampfte, Boden und Wände erschütternd, der Ahnherr in strahlender gepanzerter Körperlichkeit. Augusta, die ihm nicht in das Gesicht zu blicken wagte, schaute verlegen auf seine ragende Schamkapsel. Polternde Worte ließ der Ritter vernehmen in einer fremdartigen Sprache. Sie endeten mit dem Ausruf „Kumm!"

Der armen Augusta war es, als blühte sie noch einmal auf. Bebend verließ sie das Bett. Der Ahnherr ergriff ihre Hand mit der gepanzerten Rechten, und in dünnem Hemd folgte sie ihm hinaus in die Nacht.

DER STUBENPROPHET

Kaffee mit Zucker und Milch, weichgekochte Eier, frische Brötchen und Marmelade. Hans Jochen Huber, Versicherungskaufman, und seine Frau Hanni – keine jungen Leute mehr – waren es, die sich diese Köstlichkeiten allmorgendlich zum Frühstück gönnten. Dabei hatten die Eheleute, von der Gewohnheit abgestumpft, nicht einmal besondere Freude daran.

Hanni nahm einen Schluck Kaffee und sagte: „Am Wochenende hat er sich wieder nicht gemeldet."

„Ja!" erwiderte ihr Mann, nachdem er in sein Honigbrötchen gebissen, gekaut und geschluckt hatte.

Hanni: „Mir ist manchmal, als wollte er nichts mehr mit uns zu tun haben."

„Ja!"

Sie redeten über ihren Sohn Hans Richard, Hausmeister einer Badeanstalt. Hanni: „Er hält ja auch seine Frau und die Kinder geradezu von uns fern."

„Ja!"

„Ach du!"

Hans Jochen: „Habe zwei neue Kunden. – Lebensversicherungen."

Hanni: „Wie schön!"

Unheimlich dunkel schlug die alte Standuhr.

Da stand der Versicherungskaufmann unversehens auf, wurde bleich, begann zu zittern, die Augen zu verdrehen, und stammelte mit heiserer Stimme: „Das Ende naht. – O ja, es naht …"

„Hans Jochen, was hast du? "

Unansprechbar entrückt, fuhr er fort: „ Wir sind zuviel, die Erde ist zu eng geworden. – Kein Fortschritt ist mehr möglich, die Pestilenzen nehmen zu. – Die Meere sind verschmutzt, die Fische bald verschwunden. – Der Tage Ende ist nicht fern, und das Gericht wird kommen …"

Hans Jochen kam wieder zu sich.

„Was war denn das?" fragte verstört die Gattin.

Er gab keine Antwort und verließ das Zimmer.

„Aber dein schönes Ei!" rief die Verlassene ihm nach und blieb sitzen. Nachdem sie sinnend ihren Löffel im lutschenden Mund umgedreht hatte, sagte sie sich: 'Immerhin hat er zwei neue Kunden.'

Sie stand auf, nach ihm zu sehen, klopfte an die Türe seines Arbeitszimmers. – Keine Antwort. – Sie drückte die Klinke nieder. – Abgeschlossen.

„Hans Jochen, bitte, öffne doch! – Ich bin's!"

Die Tür blieb geschlossen. Hanni wiederholte kräftiger ihr Klopfen. Umsonst.

Da eilte sie zum Nachbarhaus der Bottichs, einem kinderlosen Ehepaar, über die seltsamen Geschehnisse zu berichten und um Rat zu holen.

„Er hat so weihevoll gesprochen, ich glaube gar in Versen."

Herr Bottich, Finanzbeamter, schüttelte nur langsam den Kopf, während seine Gattin meinte, dass da vielleicht etwas Heiliges im Spiel gewesen wäre.

Einige Tage später. Mittagessen bei Hubers. Schweinebraten mit Rosenkohl und Kartoffeln, eingemachte Mirabellen. Dabei hatten die Eheleute, von der Gewohnheit abgestumpft, nicht einmal besondere Freude an den guten Gaben.

Hanni: „Ich meine, Hans Richard sollte doch wenigstens einmal ..."

„Ach, lassen wir das!"

Nach einer längeren Pause fragte Hanni, ein Stück Kartoffel in der Soße zerquetschend: „Neue Kundschaft?"

Sie erhielt keine Antwort. Unheimlich dunkel schlug die alte Standuhr.

Der Versicherungskaufmann stand unversehens auf, wurde bleich, begann zu zittern, die Augen zu verdrehen und stammelte mit heiserer Stimme:

„Den Glauben haben wir verloren, die rechte Mitte fehlt und jede Scham. – Nur noch der Spaß und Geld regieren ..."

„Hans Jochen, was ist dir? – So fasse dich doch …“

Er aber, unansprechbar entrückt, fuhr fort: „Die Quantität hat nun die Qualität ersetzt. – Innere Größe ist der äußeren gewichen. – Die hohen Bauten aber werden fallen, die Banken schließen …“

Hans Jochen kam wieder zu sich.

„Was war denn das nun wieder?“ fragte verstört die Gattin.

Er gab keine Antwort und verließ das Zimmer.

„Und die guten Mirabellen lässt du stehen!“ rief die Verlassene ihm nach.

Nachdenklich blieb sie sitzen und nahm noch ein paar Mirabellen.

'Was er nur wieder hatte?'

Sie erhob sie sich, nach ihm zu sehen, klopfte an die Tür seines Arbeitszimmers. – Keine Antwort. – Sie drückte die Klinke nieder. – Abgeschlossen.

„Hans Jochen, bitte, öffne doch! – Ich bin's!“

Die Tür blieb geschlossen. Hanni wiederholte ihr Klopfen. Umsonst.

Da eilte sie wieder zu Bottichs, um über die seltsamen Geschehnisse zu berichten.

Herr Bottich schüttelte nur den Kopf, während seine Gattin meinte, dass da wohl Gott aus ihm gesprochen.

Hanni, die das nicht glauben wollte, rief ihren Sohn an.

Der meinte: „Wenn das so weitergeht, muss er zum Arzt, vielleicht sogar in eine Anstalt. Ich kann mich nicht darum kümmern!“

Am nächsten Tag. Abendessen bei Hubers. Es gab gemischten Aufschnitt, Käse, Brot und Butter, ein wenig Apfelsaft für sie und eine Flasche Bier für ihn. Dabei hatten die Eheleute, von der Gewohnheit abgestumpft, nicht einmal besondere Freude an den guten Gaben.

Hanni: „Wir könnten morgen doch spazieren gehen, Kaffee und Kuchen zu genießen in einem schönen Gasthof …“

„Ich muss auf neue Kundschaft warten!“

Unheimlich dunkel schlug die alte Standuhr.

Der Versicherungskaufmann stand unversehens auf, wurde bleich, begann zu zittern, die Augen zu verdrehen, und mit dumpfer Stimme zu verkünden:

„Auf wird die Erde reißen überall und beben. – Es regnet Feuer, Stein und Schwefel, der jüngste Tag bricht an …“

„Hans Jochen, bitte!“

„Die großen Wasser aus dem Meer, sie überfluten alles, Regen gießt zugleich in Strömen. – Berge rutschen, Blitze zucken, Donner rollt. – O ja, das ist das Ende …“

Hans Jochen kam wieder zu sich.

„Mein Gott, was war denn das nun schon wieder?“ fragte verstört die Gattin.

Er gab keine Antwort und verließ das Zimmer.

Nachdenklich blieb Hanni eine Weile sitzen und nahm noch eine Scheibe Schinkenwurst.

„Was das nur wieder war?“

Sie erhob sich, nach ihm zu sehen. In seinem Zimmer war er nicht, doch stand die Haustür offen.

Laut rief sie in die Nacht hinaus: „Hans Jochen, sag, wo bist du?"

Ein Windstoß blies ihr nur entgegen.

Sie schloss die Tür und ging zurück zum Tisch, aß noch den Rest des Aufschnitts, trank sein Bier.

Sie räumte ab und spülte das Geschirr.

„Er wird schon wiederkommen."

IN SCHLECHTER GESELLSCHAFT

An einem Sommernachmittag wanderte der junge Friedemann, wohlgeratener Sohn armer Eltern, auf schmalem Pfad durch den Wald. Er war leicht gekleidet und trug über seinem weißen Hemd einen schlaffen Rucksack.

Friedemann war längere Zeit gewandert, als er in der Ferne Gelächter und ausgelassenes Geschwätz vernahm. Er trat aus dem bergenden Dunkel des Waldes und sah, vom Sonnenlicht geblendet: Am Rand einer aus dem Tal führenden Landstraße, die hier als kiesbestreuter Platz endete, stand mit geöffnetem Verdeck ein weinrot lackiertes und von blanken Messingteilen funkelndes Automobil lang vergangener Zeit. Mehrere Personen in Gewändern und mit Hüten aus der Zeit des Fahrzeugs bewegten sich darin. Sie schmausten, zechten, küssten, reichten einander Körbe, Teller, Flaschen und Gläser.

Ein Picknick am Straßenrand, zugleich ein kleines Maskenfest.

Friedemann stand in Betrachtung versunken, bis eine Dame aus der fröhlichen Gesellschaft ihm zurief:

„Na du, was bist denn du für einer?"

Zugejubelt wurde ihm, und man winkte ihn heran. Willig, wenn auch zögerlich, machte er sich auf den Weg. Als er beim Wagen angelangt war, wurde er ausgelacht. Eine junge Dame in langer spitzengeschmückter Robe und mit einer hoch aufgesteckten blonden Frisur stieg aus, drückte dem sich verlegen Sträubenden einen Kuss auf und nahm ihm seinen Rucksack ab.

„Was da wohl drin ist?"

Unter dem Gelächter der festenden Gesellschaft, zog sie ein Paar unansehnliche Würstchen hervor, ein in Zeitungspapier gewickeltes Stück Käse, Roggenbrot und – O lallà – eine alte Feldflasche.

„Schnaps drin?"

„Nein, Früchtetee!"

Die Blonde ließ lies den Rucksack auf den Boden gleiten.

„So Jungchen", zwitscherte sie, „da haben wir dir Besseres zu bieten. Vielleicht hast du ja auch noch Besseres in deiner Hose!"

Erneute Lachsalven. Der Wohlgeratene errötete.

„Nun steig schon ein, Süßer, und iss und trink mit uns!"

Widerspenstig ließ Friedemann sich in den Wagen schieben, auf den Rücksitz, zwischen zwei beleibte Damen fortgeschrittenen Alters, die ausladende Tüllhüte trugen.

„Ich bin der Friedemann!" stellte er sich vor. „Studiere Theologie!"

Erneutes Gelächter erschallte, und die Damen an seinen Seiten betasteten und streichelten ihn gurrend, während er betreten vor sich hinschaute. Sein Blick fiel auf zwei langgewandete, grell geschminkte junge Damen mit feuerroter und kanariengelber Frisur. Sie wurden von zwei Herren in schwarzen Anzügen und mit Bärten unterhalten. Einer der Beiden – er trug einen Zylinderhut – blickte Friedemann durch ein Monokel an.

Der Student empfand die Handlungen, das Stimmengewirr und das Gelächter zunehmend abstoßend. 'Das sind keine Damen und Herren, sondern Weiber und Kerle!' dachte er. 'Ich scheine unter die Ausflügler eines Freudenhauses geraten zu sein.'

Man warf ihm Kusshände zu.

„Hier hast du eine frische Auster aus unserem Eiskasten!"

„O, das vertrag ich nicht!"

„Dann trink vom süßen Wein!" meinte der Bärtige mit dem Monokel.

„O, das bekommt mir nicht!"

„Zigarre? – Willst rauchen?"

„Niemals!"

„Ist er nicht goldig?" rief die junge Rothaarige, die ihm die Auster angeboten hatte.

„Was er für schöne Augen hat!" schwärmte die andere mit dem kanariengelben Haar.

„Er ist überhaupt ein Schöner!" meinte der Herr ohne Monokel und Zylinderhut und kletterte auf ihn zu. Er küsste ihn, knöpfte ihm das Hemd auf und versuchte, es dem sich verzweifelt Wehrenden auszuziehen.

„Aber, aber!" wurde er von den Damen ermahnt.

„Ach was! – Ein Langweiler ist das!" entschied der Aufdringliche und wandte sich wieder den lüstern kreischenden Damen vorne im Wagen zu. Der andere Herr umschlang die Dame, die den Studenten vorhin hereingezogen hatte.

Friedemann, seiner Jugend und Wohlgeratenheit wegen von der Gesellschaft vielleicht ein wenig beneidet, mühte sich trotz allem, an ihren Freuden etwas teilzunehmen. Er begann, eine lustige Geschichte zu erzählen. Aber niemand hörte ihm zu. Überhaupt schien sich niemand mehr für ihn zu interessieren. Die Leute waren mit sich selbst beschäftigt. Der Wohlgeratene fühlte sich ausgegrenzt und überflüssig.

Einer der beiden Herren präludierte auf der Laute, und die Angeheiterten begannen mit verschwommenen Blicken, anzügliche Lieder zu den gezupften Klängen zu singen.

Da quetschte sich der ausgegrenzte Gast vom Rücksitz, öffnete die Wagentür, stieg aus, nahm seinen Rucksack und ging hurtigen Schrittes, sein Hemd zuknöpfend, davon, weg in den bergenden Wald.

Das ihm nachtönende Lärmen der Gesellschaft verklang allmählich in der Ferne, und er freute sich auf die Heimkehr in die wohlgeordneten Verhältnisse des Theologischen Seminars.

DER WECHSELBALG

Seine Geburt war keine erfreuliche Überraschung für die Eltern, denn sie hatten sich ein Mädchen gewünscht, und es war ein Junge geworden. Sie gaben ihm wenigstens den ebenso weiblichen wie männlichen Vornamen Gustl. Nach ein paar Jahren stellte sich neben ihrer Enttäuschung auch noch heraus, dass er nicht so verstandesklar und zielstrebig war wie sie, sondern ein kleiner Narr.

Die Großmutter, die mit im Haus wohnte, nahm Gustl ganz so wie er war. Sie las ihm Märchen und Geschichten vor, lobte ihn und bewunderte seine altklugen Aussprüche.

An einem Fastnachtsnachmittag – es war vor Beginn von Gustls Schulzeit – verkleidete sie ihn in einen Indianer mit Federkrone und fransengesäumtem Anzug. Sie schminkte eine Kriegsbemalung auf und drückte ihm ein hölzernes Tomahawk in die Hand.

Vor dem Gang hinaus betrachtete der Verkleidete sich in Großmutters hohem Spiegel und jubelte: „Jetzt bin ich ein Anderer, zwar immer noch kein Mädchen, aber wenigstens ein Anderer!"

Voller Vorfreude verließ er an der Hand der Großmutter das Haus, und sie spazierten in das bunte Treiben anderer vermummter Gestalten. Gustl genoss sich unter ihnen und blickte beifallheischend herum. Doch keiner beachtete ihn, obwohl er das Tomahawk schwang und fremdartige Schreie ausstieß. Da erkannte er, dass er nur Einer unter Anderen war und nichts Besonderes. Der graue Alltag bemächtigte sich seiner wieder.

Als er in die Schule kam, erlebte er eine neue Verwandlung; die Verwandlung in einen Schüler. Bald stellte er fest, dass er wieder nur Einer unter Anderen war und damit nichts Besonderes. Um dennoch herauszuragen, erzählte er wohlausgedachte Lügengeschichten. Seine Eltern seien ungeheuer reich und mächtig, berichtete er den staunenden Mitschülern, und was er alles zum spielen hätte: ein Pony etwa oder ein kleines Automobil, in dem er richtig fahren könnte. Seine Großmutter sei eine Erzzauberin und brächte ihm ihre Künste bei.

Bald machten die Kameraden sich ungläubig über ihn lustig und die alte Niedergeschlagenheit umfing ihn wieder.

Eines Tages schenkte die Großmutter ihm eine Maske. Sie war aus Pappmaché gefertigt. Knollig starrte die Nase aus grellrosigem Lachgesicht. Das schwarze Haar und die hochgezogenen Brauen über den ausgeschnittenen Augen traten kräftig hervor. Glänzend rot leuchteten die dicken, im Lachen offenen Lippen. Anstelle der Ohren setzten die Enden eines Gummizuges an, mit welchen die Maske über dem Gesicht ihres Trägers festgehalten werden konnte.

Hoch beglückt und selbstvergessen zog sich Gustl mit der Maske zurück, drehte sie in den Händen, blickte sie von vorne und von hinten an und setzte sie sich auf. Durch die ausgeschnittenen Augen konnte er gut hinausblicken, die offenen Lippen ließen ihm genügend Luft. Als er, die Maske vor dem Gesicht, in Großmutters hohen Spiegel schaute, schüttelte ihn ausgelassenes Gelächter.

„Das ist ja grausig und zugleich so komisch!" rief er gedämpft hinter der Maske. „Jetzt bin ich ganz allein ein Anderer!"

In dem geräumigen Badezimmer der Großmutter pflegte Tante Ida, die alte Zugehfrau, sich vor Arbeitsbeginn umzukleiden und das gute Ausgehkleid über den Stuhl zu hängen. Auf den Boden davor stellte sie ihre Ausgehschuhe.

Ehe Tante Ida mit der Hausarbeit fertig war, schlich sich Gustl in das Badezimmer, schlüpfte in Idas gutes Kleid, das ihn weit umschlotterte, fuhr in die Schuhe, setzte die Maske auf, nahm auf dem Stuhl platz und wartete.

Endlich kam Tante Ida und sah sich selbst grausig verändert sitzen. Heisere Schreie stieß sie aus und eilte weg. Gustl, nachdem er sich an ihrem Schrecken geweidet, nahm die Maske ab, legte das Kleid über den Stuhl zurück, stellte die Schuhe davor und verließ das Badezimmer.

Als Ida, von der Großmutter gestützt, zurückkam und sah, dass alles so war wie es sich gehörte, erfasste sie erneuter Graus.

„Ich muss eine Vision gehabt haben", stöhnte sie, „eine Vision wie eine Geisterseherin oder gar eine Geisteskranke!"

Auch diesen Effekt hatte Gustl, der aus dem Hintergrund beobachtete, vorausgesehen. Und er erfüllte ihn mit Stolz und Glücksgefühlen.

Als Gustl ins Gymnasium kam, verwandelte er sich in einen Gymnasiasten. Erst war er wieder Einer nur unter den Anderen. Um dennoch herauszuragen, blendete er mit allerlei Künsten. Gedichte und kleine Erzählungen verfasste er und las sie seinen Mitschülern vor, bis sie sie nicht mehr hören wollten.

Weitere Verwandlungen bescherten dem Gymnasiasten die geheimnisvollen Erscheinungen der Pubertät. Anders als seine Kameraden scheute er noch die Mädchen, und bei den Tanzstunden faszinierte ihn mehr die Gestalt des Tanzlehrers, eines langen schlaffen, immer elegant gekleideten Herrn, der mit verschleierten Blikken auftrat, eine Zigarette im Mundwinkel, die süße anregende Düfte verbreitete.

Nach glücklich bestandenem Abitur zog Gustl auf die Universität und verwandelte sich in einen Studenten. Er genoss die neuen Freiheiten und studierte nicht ohne Erfolg, wenn auch ohne Leidenschaft, Bibliothekswissenschaften und Geologie. Den Kommilitonen und Assistenten gegenüber, die er nicht mochte, gab er sich überfreundlich, redete ihnen nach dem Mund und wusste sich mit witzigen Bemerkungen vor ihnen herauszustreichen. Weil er interessant und ein guter Unterhalter war, lud ihn der Assistent des Geologischen Instituts oft ein zu sich und seiner Frau aus Uruguay.

Als er einmal seinen Gastgebern eine eigene Erzählung vorlas, wurde das Werkchen von den ganz dem Wissenschaftsgeist Hingegebenen als albern und überflüssig abgetan. Darüber ärgerte sich Gustl und sagte zum Entsetzen seiner Gastgeber: „Warum lehnt ihr meine Erzählung so lieblos ab, wo ich doch all euer Zeug und all eure Bemühungen immer rühme und preise, obgleich ich sie ebenso albern und überflüssig finde wie ihr meine Erzählung!" Er wurde nicht mehr eingeladen.

Nach beendetem Studium, verwandelte sich Gustl in einen Bibliotheksbeamten. Die neue beschauliche Daseinsform machte ihn allmählich verdrießlich, lies ihn sich einsam fühlen, bis er ein junges Mädchen kennen und lieben lernte: Lena, rundlich, viel kleiner als er, aber umso energischer. Doch trennte er sich übers Jahr von ihr, weil sie sich immer enthusiastischer einer religiösen Vereinigung hingab.

Nun war er wieder allein und fiel in seine alte Niedergeschlagenheit zurück. Die Bücher ringsum vermochten nicht, ihn zu erlösen, sie hatten eher etwas Bedrohliches. 'Ich muss', sagte er sich, 'muss etwas zur Abwechslung unternehmen, mich aus dem grauen Alltag emporschwingen! – Die Eltern – Gott hab sie selig – die Eltern hätten mich gern als Mädchen gesehen. Nun, diesen Wunsch will ich ihnen endlich erfüllen!'

Gustl besuchte manches Fachgeschäft und erwarb dort – erklärt als Geschenke für seine Frau, welche die gleichen Maße hätte wie er – spitzenbesetzte Unterwäsche, Hüfthalter aus glänzendem Atlas, Strapse und Seidenstrümpfe, elegante Abendkleider, leichte Mäntel, zauberhafte Hüte und Pumps, sowie allerlei Kosmetika samt Bürstchen, Quasten und Pinseln, künstlichen Fingernägeln und Wimpern, erlesenen Parfüms. Endlich erstand er noch wirkungsvollen Modeschmuck und modische Handtaschen.

Berauscht betrachtete er seine Erwerbungen wie damals die Maske mit dem Lachgesicht. Er drehte sie in seinen Händen, befühlte sie, und hielt sie an sich vor Großmutters hohem Spiegel, den er nach ihrem Tode geerbt.

Wie ihn dies alles abermals verwandeln und erheitern sollte!

Bald ging es los. Sorgfältig rasiert, schminkte er das Gesicht, die Lippen und die Lider. Die Spitzenkörbchen unterfüllte er. Wie die Seidenstrümpfe seine Beine vorteilhaft formten! – Wie keck die Strapse schnalzten, und was die Pumps für schöne Füße machten! – Er montierte noch die künstlichen Wimpern und Nägel, fügte eine üppige blonde Perücke auf sein Haupt und darüber ein kunstvoll geformtes Hütchen. Etwas Parfüm tupfte er hinter die Ohren.

„Nun, ihr lieben Eltern dort oben im Himmel, bin ich euch endlich recht?"

Nachdem die Dame Gustl sich vom Spiegel gelöst, aß sie ein wenig Kreide, um mit heller Stimme sprechen zu können, wie der Wolf im Märchen von den sieben Geißlein, und machte sich auf den Weg.

Sie besuchte eine Gemäldegalerie. Unsicher noch bewegte sie sich auf den hohen Pumps und vermied es, Blicken zu begegnen. Ganz nah ging sie an die Bilder. um sich zu bergen.

Als Gustl, wieder zuhause, im Bett lag und das Lämpchen gelöscht hatte, fand er, dass er sich im Ganzen doch recht gut gehalten hätte.

Einige Tage später begab sich die Dame Gustl ins Opernhaus. Der *Freischütz* stand auf dem Programm. Ganz sicher um sich blickend schwebte sie zwischen anderen festlich gekleideten Besuchern die Freitreppe empor zum lichterschimmernden Eingang. Sanft lächelnd wallte sie zum Gedränge an der Garderobe, trennte sich mit gezierten Gebärden von ihrem flieder-farbenen Mantel, hantierte noch ein wenig mit der Puderdose und trat in den gold- und kristallfunkelnden, balkongesäumten Zuschauerraum. Dumpfes Raunen, und feine Düfte schlugen ihr entgegen. Von den Gästen saßen schon viele auf den mit rotem Samt überzogenen Sitzen. Ihr Platz befand sich in einer der vorderen Rei-hen des Parketts. Hierhin und dorthin grüßend, als sei sie weithin bekannt, begab sie sich zu ihrem Sitz, wobei man sie höflich bemüht durchließ. In der Pause genoss sie ein Glas Champagner und machte sich einigen Her-ren bemerkbar.

Weitere Ausgänge in weiblicher Gestalt führten Gustl in Cafés und Restaurants, auch in nächtliche Parks, und zuletzt in finstere Kaschemmen. Dort scherzte sie mit lüsternen Kerlen und fühlte sich sehr glücklich.

Eines nachts, nach einem wilden Tanzfest, stand Gustl nackt vor Großmutters Spiegel und betrachtete sich. 'Ob das noch lang so weitergeht?'

Ein Gewitter zog auf, es blitzte und donnerte. Da beobachtete Gustl wie sich sein Körper mit Haaren bedeckte, wie ihm langsam ein Pelz wuchs, Hände und Füße sich in Hundspfoten verformten, wie seine Ohren sich in tierische Lauscher verwandelten und die Zunge ihm lang aus dem Maul hing.

'Jetzt bin ich ein Werwolf! – Das ist die letzte Wandlung!'

Der Wehrwolf Gustl eilte ins Gewitter hinaus, in die Wälder und Berge, fort endlich von den Menschen und ihrem grauen Alltag. Bei Mondschein hört man ihn manchmal in der Ferne heulen.

DAS HERBSTGEDICHT

Von leichten Windstößen gelöst, schweben die Blätter der Platanen in der einsamen Allee herab wie die Sterntaler im Märchen; große goldgelbe, hellbraune und rötliche. Die Sonne malt unruhige Lichter zwischen die Schatten der Bäume auf den belaubten Boden. In den Büschen leuchten bunte Beeren auf.

Der Sonne entgegen nähert sich vom Ende der Allee her ein magerer Jüngling mit rötlichem Haar; vielleicht ein Schüler des nahegelegenen Gymnasiums. Unstet geht er dahin. Das Laub rauscht unter seinen Sohlen. Durch die bewegten Lichtflecken am Boden schlüpft sein Schatten hinter ihm her. Unversehens bleibt der Jüngling stehen. Das Rauschen der Schritte verstummt. Es geht etwas in ihm vor. Er hebt ein Blatt auf. Es ist kühn gezackt. Seine Farben spielen von einem leuchtenden Rot über Goldgelb ins Bräunliche. Kleine grüne Flecken sind darüber verstreut. Ausgiebig betrachtet der Jüngling das Blatt.

Auch er wird betrachtet, betrachtet von seinem Schatten, mit Augen grün wie die Flecken auf dem Blatt. Der Schatten richtet sich hinter ihm auf, als er bemerkt, dass sein Herr zu murmeln beginnt:

„Zum Tod so schöne Farben …“

Der Schatten entblößt seine weiß schimmernden Zahnreihen und ahnt, dass da ein Herbstgedicht entsteht. Lyrik mag er nicht: 'Dieses Pathos immer', denkt er, 'diese Jenseitsversessenheit, diese abgebrauchten Gedanken und Bilder!'

Der Jüngling, schaut sich um und bemerkt die bunten Beeren in den Büschen.

„Zum Tod so schöne Farben“, murmelt er.

„Zum Abschied bunte Frucht …“

Der Schatten kneift ein Auge zu und hätte sich am liebsten geschüttelt.

„Soll es ans Ende mahnen,

Soll es …“

Der Schatten legt sich peinlich berührt und gelangweilt nieder. Der Jüngling formt seinen Vers weiter:

„wenn … wenn … bei dieser Pracht …“

Er wiederholt: „Zum Tod so schöne Farben,

Zum Abschied bunte Frucht.

Soll es ans Ende mahnen,

Soll es vom Tod auch künden?

Bei dieser Pracht?“

Nachdenklich setzt er fort:

„Soll es nicht eher uns
an frohe . . ."

Mehr können wir nicht erlauschen. Wir hören nur wieder das Laub unter den Sohlen des jungen Dichters rauschen, bis er am Anfang der Allee verschwindet, ebenso wie er an ihrem Ende aufgetaucht war.

Von leichten Windstößen gelöst, schweben die Blätter der Platanen in der einsamen Allee herab wie die Sterntaler im Märchen; große goldgelbe, hellbraune und rötliche.

FLEISCH

Es war im vorletzten Kriegsjahr, und der kleine Till befand sich in der vorletzten Klasse der Grundschule. Till war ein phantasievoller Junge, rank und schlank. Er hatte feines blondes Haar und wachsam blickende graue Augen. Vor den Sommerferien wurde er zappelig und kränklich. Da fuhr ihn sein Vater, praktischer Arzt in einer kleinen alten Stadt im Süden des Landes, zu Onkel Friedrich, der in einer kleinen alten Stadt im Norden des Landes eine Metzgerei betrieb und Till gern aufnehmen wollte. Bei ihm sollte der Kleine sich einmal tüchtig sattessen und sich vom heimatlichen Alltag und seinen Entbehrungen erholen. – „Da muss Wurst rein!" meinte er.

Nach der Ankunft von Vater und Sohn gab es zur

Begrüßung ein festliches Nachtmahl. Dabei wurde es Till von den ungewohnt reichhaltigen Speisen schlecht. Er musste hinauseilen und sich übergeben.

Mit der Bitte an seinen Sohn, sich künftig besser zusammenzunehmen, reiste der Vater am nächsten Tag ab.

Der Onkel und seine Frau waren gutmütige ältere Leute, wohlbeleibt und einander erstaunlich ähnlich sehend. Sie hielten peinlich sauber und strahlten Majestät aus.

Till war in ihrem großen mittelalterlichen Haus in einem hellen Dachstübchen untergebracht. Tagsüber hielt er sich in dem zur Hälfte überbauten Hof auf, in den man durch ein meist geschlossenes Tor von der Straße hereingelangte. Hier scherzte er mit der Schäferhündin Spissa, fertigte kleine Maschinen an aus den Teilen seines Metallbaukastens, oder las in mitgebrachten Büchern.

An der linken Seite des Hofes befanden sich die Türen zur Wurstküche, die Till nicht betreten durfte. Die Türen zur Rechten führten mit Ausnahme der Tür eines Abtritts in den Verkaufsbereich, dessen Zutritt Till auch untersagt war.

Der Onkel arbeitete tagsüber in der Wurstküche, zusammen mit zwei älteren Gesellen und dem Lehrburschen Georg. Die Tante und zwei dralle Mägde, Nina und Tina, wirkten im Bereich des Ladens.

Die Mägde und Gesellen sowie der Lehrbursche Georg kamen allmorgendlich nach dem Frühstück ins Haus und verließen es vor dem Abendessen wieder. Zur Mittagszeit wurde gemeinsam in dem Raum oberhalb des Portals gegessen.

Der Onkel saß zu Häupten der Tafel, die Tante zu seiner Rechten. Till war der Platz zur Linken des Onkels eingeräumt. Neben ihm saß der Metzgerbursche Georg, dessen fleischige, einen leichten Duft nach Urin ausdünstende Körperlichkeit Till erschreckte und zugleich faszinierte. Georg hatte kurzgeschnittenes dunkles Haar und goldbraune Augen. Die Züge seines Gesichts mit den dicken Lippen und einem Bartanflug hatten etwas Kindliches und zugleich Brutales. Der Onkel behandelte den Burschen mit gleichgültiger Herablassung. Neben Georg saßen die beiden Gesellen, über die weiter nichts zu berichten ist. Ihnen gegenüber prangten Nina und Tina.

Im Haus herrschte die Poesie des Fleisches. Aus der Wurstküche schallten die Schreie der Knochensäge, Geklapper von Schüsseln und Töpfen, Hacken und Klopfen, Klatschen und Schaben. Der Geruch nach Gesottenem und Gebratenem drang heraus.

Aufmerksam beobachtete Till den Georg, wenn dieser, etwa eine Schweinehälfte geschultert, strammen Schrittes vorüberging und zu ihm herblickte. Der Bursche trug eine knappe fettige Kleidung, in der sich die kräftigen Formen seines Körpers abzeichneten. Welch ein Unterschied zwischen seiner rohen Dumpfheit und Tills Feinheit! – Georg hatte für Till etwas Fremdes aber Anziehendes, ebenso wie Till für Georg.

Der Metzgerbursche näherte sich erst nach einigen

Tagen, und drückte Tills zarte kühle Hand mit seiner feuchten, warmen Hand schmerzhaft und doch erregend. Er fragte, wie es ginge. Till äußerte ein paar wirre Gegenworte.

Später forderte Georg ihn einmal auf, seinen angespannten Bizeps zu befühlen. – Er fasste sich fest an und auch wieder weich und warm. „Gut, was!?" meinte Georg und ging zu seiner Arbeit.

Hin und wieder verließ Till das Haus und unternahm kleine Ausflüge, etwa zu einem Schmuck- und Uhrengeschäft an der Hauptstraße, an der auch die Metzgerei lag. Hingebungsvoll betrachtete er die ausgestellten Schätze hinter den blanken Schaufenstern, in denen sich sein Angesicht widerspiegelte. Da schwangen die Goldpendel kleiner und größerer Standuhren, waren kostbare Taschen- und Armbanduhren ausgelegt, Ketten, Anhänger und Fingerringe mit funkelnden Edelsteinen. Ganz anders – kälter – berührte ihn dies als die Würste, Schmalztöpfe und Schinken im Schaufenster der Metzgerei.

Eines Tages kam Georg und befühlte Till rundum mit festem Griff wie ein Tier, dessen Schlachtreife es festzustellen galt. Er schnaufte leise dabei und Till durchdrang ein dunkles erregendes Gefühl. Mitleidig grinsend nannte Georg ihn nach der Untersuchung einen Kümmerling.

An einem sonnigen Nachmittag spazierte Till, auf Befehl des Onkels begleitet von Georg, hinaus vor die Stadt. Der Duft der weiten Rapsfelder, durch die sie schritten, war Till unangenehm. Als sie an den Fluss kamen, schäumte ein Raddampfer vorüber. Sie ließen sich am Ufer nieder und blickten ihm nach.

Plötzlich sagte Georg: "Komm, wir gehen baden!"

Till erschrak: „Ich nicht, mir ist es zu kalt!"

Georg stand auf, warf seine Kleider ab, und als Till ihn in seiner strotzenden Nacktheit sah, durchfuhr es ihn wie ein elektrischer Schlag. Hatte er doch noch nie einen ganz nackten Großen gesehen.

Georg schlug sich auf die Hinterbacken und rief: „Prima Schinken, gell!?" Kopfüber stürzte er sich in die Flut. Till beobachtete den tauchenden, prustenden und sich herumwälzenden Nackten, dessen Ausruf „Prima Schinken, gell!?" in ihm fortklang.

Gegen Ende der Ferienzeit nahm ihn der Onkel mit auf einen Spaziergang zur Josephinenhöhle. Die Schäferhündin Spissa war dabei. Der Zugang zur Höhle war durch eine Eisentür verschlossen, zu der der Onkel einen Schlüssel hatte. Es war dunkel in der Höhle, die Taschenlampe warf zitternde Lichtkreise auf das fleischfarbige, weißlich gemaserte Gestein. Wasser rann und tropfte in der Ferne.

Der Onkel flüsterte: „Wie das Blut aus den durchtrennten Kehlen hängender Schlachttiere."

Till wurde es Angst bei den Worten des Onkels. Als sie wieder draußen waren, sagte der Onkel: „Im Schoß der Erde endet alles Fleisch, aber es kommt auch wieder lebendig aus ihm hervor, so wie jetzt wir!"

Die Ferienzeit war vorüber und der Vater gekommen,

mit Till nachhause zu fahren. Dieser hatte inzwischen kräftig zugenommen und sich nicht mehr übergeben. Ehe es fortging, fand noch ein mittägliches Abschiedsmahl statt.

Die beiden Gesellen des Onkels und die drallen Mägde saßen an ihrem Platz, nur Georg fehlte. Schon seit zwei Tagen war er verschwunden. Weg wie das Ferkel, das er neulich in die Wurstküche getrieben hatte. Till vermisste Georg. Er hätte beim Abschied gern noch einmal den Druck seiner feuchten warmen Hand gespürt.

Es gab Gulasch mit großen saftigen Stücken. Das Fleisch schmeckte irgendwie anders als sonst. Wenn es nun das Fleisch Georgs war? – Erregt malte sich Till bei jedem Bissen aus, von welcher Partie seines Körpers es wohl stammen mochte.

„Wo ist Georg?" fragte er.

Der Onkel: „Den haben sie zum Kriegsdienst eingezogen!"

Die Tante: „Kanonenfutter!"

Till dachte: 'Prima Schinken, gell!?'

DER NELKENSTRAUSS

Munter vor sich hinpfeifend verließ der schöne Willi eines der Häuser an der Karlsstraße. Mit beiden Händen hielt er einen Strauß rosafarbener Nelken. Er wollte ihn seiner Julia bringen. Froh gestimmt schritt er die Straße entlang.

„Meine geliebte Julia du! – Ich komme!"

Das Gefühl nahenden Glücks überwältigte ihn, und er hob wie ein Luftballon vom Boden ab. Den Nelkenstrauß in den vorgestreckten Händen schwebte er dahin. Erschrocken blickten Passanten zu ihm hinauf. Sie riefen durcheinander und klatschten in die Hände. So etwas hatten sie noch nicht erlebt.

Metzgermeister Linke, der die Unruhe bemerkt hatte, trat aus seinem Geschäft, eine Hartwurst in der Rechten. Hin und hereilend forderte er vom schönen Willi, in den er seit alters verliebt war, doch bitte herunterzukommen. – Vergeblich.

Da beugte sich Linke zurück und schleuderte die Wurst hinauf. Sie traf den schönen Willi, und er stürzte ab. Da lag er zwischen den Nelken. Linke warf sich über ihn.

„O Willi! – Mein geliebter Willi du! – Nun sag doch was!"

„Nicht bewegen bitte!" riefen ihm nach wenigen Minuten zwei Sanitäter zu.

Sie hoben den schönen Willi auf eine Trage und schoben ihn in den Rettungswagen. Mit Sirenengeheul fuhr er davon.

Linke nahm die Wurst wieder an sich und ging in seinen Laden. Er hängte die Wurst an einen Haken und trocknete sich mit dem Schürzenzipfel die Augen. 'Warum musste er auch zu diesem Mädchen? – Wäre er doch zu mir gekommen!'

DAS LUFTSCHIFF

Es herrschten sonnige Oktobertage und die Brüder Friedrich und Wilhelm, längst emeritierte Universitätsprofessoren, kamen nach über sechzig Jahren zu einem Besuch in ihre Geburtsstadt, noch einmal die Orte der Kindheit zu inspizieren.

Die Angereisten fanden wohl manches wieder, aber eigentlich auch wieder wenig. Das Erhaltene schien kleiner und unansehnlicher geworden, vieles war verschwunden, oder abstoßend modernisiert. So war ihnen die Heimatstadt nicht mehr vertraut und sie fühlten sich fremd.

Friedrich, zwei Jahre älter als Wilhelm, meinte: „Durch unser Alter gehören wir eben nicht mehr dazu, sind sozusagen ausgeschlossen."

Wilhelm: „Wie wahr!"

An einem Nachmittag trieb es die Beiden aus der Stadt in die Natur.

„Dort gehören wir immer noch dazu."

„Besuchen wir das Luftschiff über den Hängen im Wald."

„Ob es die ländliche Einkehr wohl noch gibt?"

„Werden sehen."

Langsam und etwas schwankend machten sie sich auf den Weg. Gelegentlich blieben sie stehen und sahen sich um. Beide trugen lange dunkelgraue Mäntel. Sie fühlten sich darin geborgen, außerdem könnte es gegen Abend kühl werden.

Am Rand der Stadt überquerten sie die Flussniederung, wo einst die Zirkuszelte aufgebaut waren. Der Weg führte weiter über eine hässliche neu errichtete Brücke über den altvertrauten Fluss. Langsam ging es bergauf zwischen bunt verfärbten Obstbäumen und über Wiesen mit blühenden Herbstzeitlosen. Auf halber Höhe stand eine Ruhebank. Die Brüder gönnten sich auf ihr eine Rast und genossen die Aussicht.

„Wie schön!" rief Wilhelm. „Jetzt zeigt sich die Stadt im holden Ungefähr der Ferne und berührt uns wieder heimatlich."

Friedrich: „Die Nähe ist oft so enttäuschend. Wie soll man sich dagegen wehren?"

Wilhelm: „Mit Kunst. Durch die Ferne in der Kunst!"

Weiter zogen die Brüder auf steiler ansteigendem Pfad. Sie traten in das gedämpfte Licht eines Fichtenwaldes. Hier herrschte kühle Dämmerung.

Friedrich gestand, dass sich Sorgen in ihm rührten.

Wilhelm: „Die Sorgen vielleicht vor neuer enttäuschender Nähe."

Ein breiter ebener Weg führte geradlinig durch den Wald. Plötzlich kamen sie an eine langgezogene brüchige Mauer mit einem offenen Rundbogenportal in der Mitte.

Friedrich: „Das muss es sein. Das muss das alte Luftschiff sein!

Sie durchschritten das Portal und traten in den bekannten Hof mit den Blechtischen und kargen Stühlen. Im Gegensatz zum kühlen Waldesdunkel lag der

Hof in warmem, sich schon abendlich rötenden Sonnenlicht. Rechter Hand ragte das etwas verfallene Gastgebäude. Die Brüder ließen sich an einem der Blechtische nieder.

Wilhelm: „So saßen wir hier damals mit den Eltern und durften Waldmeisterlimonade trinken."

Friedrich: „Wie still es ist ringsum!"

Wilhelm: „Still wie vor dem Beginn einer großen Sache."

Ein riesiger schwarzer Hund kam herbei und blickte die Gäste prüfend an aus senfgelben Augen.

„Den gab es früher nicht hier."

Der Hund ging langsam wieder davon und lagerte sich am Zugang des Gastgebäudes.

Eine greise Wirtin erschien und erkundigte sich nach ihren Wünschen.

„Waldmeisterlimonade", rief Friedrich

Wilhelm: „Gibt es dieses Getränk denn überhaupt noch?"

Die Wirtin tat geheimnisvoll und kurz darauf brachte sie auf silbernem Tablett zwei Gläser nebst einer Limonadenflasche, deren Etikett und giftgrüne Füllung die Gäste gleich wiedererkannten. Sie setzte das Tablett ab, öffnete die Flasche, es zischte kurz. Mit zitternden Händen füllte sie die bereitgestellten Gläser und hinkte zurück.

Hurtig stiegen die Gasbläschen im giftigen Grün empor, und gierig begannen die Brüder zu nippen.

„Angenehm kühl! – Und derselbe Geschmack wie

früher", frohlockte Friedrich.

Wilhelm setzte dagegen: „Ein etwas kitschiger Geschmack."

Friedrich: „Kitsch ist, was einem eigentlich gefällt."

Wilhelm: „Warum gefällt uns Kitsch?"

Friedrich: „Weil er erquickend eindeutig ist und nicht beängstigend doppeldeutig und belehrend wie hohe Kunst."

Das Getränk lockte einen selten großen Schmetterling herbei. Mit blau schillernden Flügeln schlagend ließ er sich auf dem Rand eines der Gläser nieder.

Wilhelm: „Nach den Vorstellungen der alten Griechen verlässt die Seele den Sterbenden in Gestalt eines Schmetterlings."

Friedrich: „Seele und Schmetterling wurden von den alten Griechen ja auch mit demselben Wort bezeichnet!"

Als der Schmetterling, nachdem er eine Weile von der kitschigen Süße genascht, davonflatterte, meinten die Brüder, dass es auch für sie langsam an der Zeit sei, aufzubrechen.

„Und morgen werden wir unsere Geburtsstadt wieder verlassen!"

Die Beiden blieben noch eine Weile gedankenverloren auf ihren Blechstühlen sitzen. Endlich riefen sie nach der Wirtin, die Zeche zu begleichen.

Die greise Wirtin kam nicht, aber ein erschreckend schöner Jüngling, nur mangelhaft verhüllt von einem über die Schulter geworfenen roten Mantel. In der

Rechten hielt er ein eigenartiges goldenes Gerät; einen Stab, bekrönt von einer oben offenen Schlinge in Gestalt einer stehenden Acht.

Leichthin und heiter sagte der Schöne: „Die Zeche zahlen Sie am Ort, zu dem ich Sie jetzt führe!" Mit dem eigenartigen Gerät winkte er zu folgen.

Die Brüder erhoben sich mühsam und gingen dem Schönen zum Gastgebäude nach. Auch der riesige schwarze Hund kam mit.

Das Innere des Gebäudes erwies sich zum Erstaunen als eine weite leere Halle, mit einer offenen Schmalseite, durch die fahles Licht hereinfiel, das nichts gemein hatte mit dem warmen rötlichen Schein der sinkenden Sonne im Hof.

Der Jüngling führte die Gäste dem fahlen Licht entgegen und an ein sich ringsum im Dunst verlierendes Gewässer. An seinem Rand saß ein lumpig gekleideter Mann mit struppigem Haar. Zu seinen Füßen lag ein Ruderboot.

„Diesem bezahlt jetzt eure Zeche!" unterwies sie ihr Führer. „Er wird euch dann nachhause rudern."

'Warum nicht? – Mag uns ruhig ein anderer Weg zu unserer Geburtsstadt führen', sagten sich die Brüder, und der ältere reichte dem lumpig gekleideten Mann die schuldigen Münzen, die dieser hurtig wegsteckte und in das Boot sprang. Er streckte seinen Gästen hilfreich die Hand entgegen. Umständlich stiegen sie ins Boot.

Sie wollten dem schönen Jüngling mit dem goldenen Gerät noch einen Gruß zurufen, aber nur der riesige schwarze Hund war noch da und sah ihnen zu.

Leise vor sich hinsummend löste der Fährmann die Bootsleine. Hinter seinen Fahrgästen stehend ruderte er hinaus über das spiegelglatt liegende und sich im Dunst verlierende Gewässer. Er ruderte langsam und ringsum war es ebenso still wie im Hof. Selbst die Ruderschläge waren nicht zu hören.

Erschöpft genossen die Brüder die Fahrt. Bald schwanden ihnen Gedanken und Sorgen dahin. Sie versanken in einen tiefen Schlaf.

Ein Ritt durchs Märchenland

Es war einmal ein Bauernbursche, der hieß Hannes. Er war bitter arm, lumpig gekleidet, aber schön. Seine Eltern lebten nicht mehr, das Vieh war verkauft oder gegessen, und auch Lisa, die alte Magd, war verschwunden. Nun war er ganz allein. Aber sein kleines Ross, rotbraun, mit langer blonder Mähne – es hieß Palludel und konnte sprechen – war noch bei ihm. Palludel fand genügend Gras zum Fressen, Hannes hatte nichts mehr zu beißen und zu brechen. Das Ross hatte ihm in der Not sogar Pferdeäpfel zum Mahl empfohlen. Da entschloss sich Hannes aufzubrechen zu einem Ritt in die weite Welt. Was er dort suchen sollte wusste er nicht; aber vielleicht fand er etwas.

Nachdem er ein Stück geritten, rollte ein frisch gebakkener Pfannkuchen daher. Das Ross versuchte, ihn für seinen Herrn zu schnappen, aber es gelang nicht. Kichernd rollte der Pfannkuchen fort.

Die Reisenden begegneten einem Esel, auf dem eine Katze saß, zusammen mit einem Hund, der einen Hahn auf dem Kopf trug.

Hannes grüßte, und die fremden Doppelwesen blieben stehen, bezaubert von der Schönheit des Reiters und der blonden Mähne seines Rosses. Die lumpige Kleidung des Jünglings übersahen sie. Hannes fragte, wohin des Wegs und was mit ihnen los sei.

Der Esel: „Ich sollte aus dem Futter genommen werden, weil ich alt und schwach geworden. Da bin ich fortgegangen und will nach Bremen, um dort Stadtmusikant zu werden."

Der Hund: „Mich wollten sie zuhause totschlagen, weil ich nichts mehr taugte. Da habe ich mich rechtzeitig davon gemacht, und traf den Esel. Der sagte zu mir: 'Komm mit nach Bremen, und verdiene dein Brot als Stadtmusikant. Zu meinem Gesang kannst du die Pauke schlagen.' Ich war einverstanden und wir setzten den Weg gemeinsam fort, bis wir die Katze fanden."

Die Katze: „Ich sollte ertränkt werden, weil meine Zähne locker wurden und ich keine Mäuse mehr fangen konnte. 'Geh auch du mit uns als Stadtmusikant nach Bremen!' forderten Esel und Hund mich auf. 'Du verstehst dich gut auf Nachtmusik.' Schon sprang ich auf den Rücken des Esels."

Der Hahn: „Als die Drei bei mir vorbeikamen stand ich verzweifelt auf dem Misthaufen, denn ich hatte erfahren, dass ich noch am selben Tag in den Suppentopf sollte. 'Komm mit!' riefen die Wanderer mir zu. 'Wir sind auf dem Weg nach Bremen. Dort wollen wir zusammen musizieren, dass es eine Art hat.' Ich flatterte auf den Kopf des Hundes und fort ging's.

Als es anfing dunkel zu werden, kamen die Sechs matt und müde an eine Quelle am Rand eines dichten unheimlichen Waldes. Gierig tranken sie das kühle Wasser. Erfrischt drangen in den Wald. Ein halber Mond blinkte durch die Zweige.

Hannes: „Hier erwartet uns kaum etwas Gutes, also legen wir uns gleich zur Ruhe! "

Jeder machte es sich auf seine Art bequem: Hannes und Palludel, der Esel, der Hund und die Katze auf dem

Boden. Der Hahn flatterte auf die Spitze eines Baumes. Von dort hatte er gute Aussicht und konnte für alle aufpassen.

Die Nacht brach an. Die Vöglein verstummten, der Wind flüsterte nicht mehr.

Hannes und sein Ross, der Esel, der Hund und die Katze schliefen schon, da meldete der Hahn mit kräftiger Stimme, dass er in der Ferne ein Licht sehe. Die Schläfer schraken hoch, und als der Hahn noch einmal Licht gemeldet hatte, murmelte Hannes: „Gehen wir hin, denn hier ist die Herberge schlecht!" Da machten sie sich schlaftrunken auf den Weg. Hannes führte Palludel am Zügel. Die Katze saß auf dem Esel und der Hund schleppte sich ohne den Hahn dahin, der von Ast zu Ast vorausflatterte.

Langsam kämpften sie sich im matten Schein des halben Mondes zwischen den Baumstämmen durchs Unterholz. Trockene Äste knackten unter ihren Füßen, Zweige kratzten und schlugen sie. Unsichtbares Getier huschte aufgestört davon. Endlich tat sich eine Lichtung auf. In ihrer Mitte stand ein unheimliches schiefes Haus. Aus einem seiner Fenster leuchtete es hell. Es war das Licht, das der Hahn gesehen hatte.

Vorsichtig machten sie sich an das Haus heran.

Der Esel blickte in das Fenster – es war ein großes Fenster – wandte sich zu seinen Gefährten um und raunte: „Es ist ein Räuberhaus. Wild aussehende Kerle sitzen um einen Tisch und schmausen, zechen und brüllen ohne Anstand."

„Das soll uns nicht stören!" meinte Hannes. „Wir haben Hunger!"

Sie berieten, was zu tun sei und entschieden, dass der Esel seine Vorderhufe auf das Gesims unter dem Fenster setzen sollte, der Hund auf des Esels Rücken steigen, die Katze auf den Hund und der Hahn auf die Katze. So bildeten sie einen gespenstischen Turm, die Räuber zu erschrecken.

Hannes und sein Ross traten zur Seite. Die Übereiandergetürmten aber begannen zu musizieren: Laut wieherte der Esel, wütend bellte der Hund, durchdringend miaute die Katze, grell krähte der Hahn, und der ganze Tierturm stürzte sich durch das zersplitternde Fenster zu den Räubern hinein.

Diese ließen ihre Messer und Humpen fallen, rappelten sich auf, stießen Stühle um und flohen in den Wald.

Den Eingang ins Haus hatten sie offen gelassen, und Hannes und Palludel gesellten sich zu ihren Gefährten.

Auf dem Tisch, zwischen tönernen Humpen, von denen einige auf der Seite lagen, prangten Schinken und gebratenes Geflügel, Brotlaibe und Butter. Dazwischen standen Krüge voll Bier. Nichts fehlte, weder Pfeffer und Salz, noch ein Korb rotbackiger Äpfel. Hannes entdeckte den zur Hälfte aufgegessenen und jetzt nicht mehr kichernd davonlaufenden Pfannkuchen. Er biss sogleich hinein.

Gierig machten die Eindringlinge sich über die Speisen und Getränke her. Als sie endlich gesättigt waren löschten sie das Licht und begaben sich wieder zur

Ruhe. Der Hund legte sich neben die Tür, die Katze sprang auf den erloschenen Herd, der Hahn flog auf einen Balken unter dem Dach. Hannes, Palludel und der Esel lagerten draußen.

Die Räuber beobachteten vom Waldrand her, dass es in ihrem Haus still und dunkel geworden war. „Die Bestien haben sich wohl davongemacht", sagte ihr Anführer.

Einem der Räuber wurde befohlen, vorauszugehen und genauer nachzuschauen. Er stahl sich vorsichtig ins dunkle Haus. Am Herd bemerkte er zwei nahe beieinanderstehende grünliche Lichter. Das Feuer war also noch nicht ganz ausgegangen. Um besser sehen zu können hielt der Räuber ein Schwefelholz an eines der Lichter. Da sprang ihm fauchend und kratzend die Katze ins Gesicht. Ihre Augen waren es, die geglüht hatten. Laut klagend floh der Räuber zur Tür. Dort biss ihn der Hund ins Bein, und der Hahn ließ grell seine Stimme erschallen. Draußen bekam der Davoneilende vom Esel noch einen Tritt, und die dunkle Stimme Palludels entsetzte ihn vollends.

Als der Kundschafter wieder bei den Seinen war, meldete er: „Im Haus sitzt eine gräuliche Hexe, die hat mich angefaucht und gekratzt. An der Tür war jemand mit einem Messer, das stach er mir ins Bein, dazu rief eine grelle Stimme aus der Höhe: 'Bringt mir den Schelm!' Draußen hat mich ein Ungetüm mit der Keule geschlagen, und eine dunkle Stimme sprach: 'An den Galgen mit dem Gesindel!"

Die Räuber trauten sich nun nicht mehr ins Haus und zogen sich in den Wald zurück.

Den Eindringlingen gefiel es so gut im Räuberhaus, dass sie nicht so bald weggehen mochten. Nur Hannes zog es fort. Ehe er am nächsten Morgen aufbrach, gaben die vier Musikanten ihm noch ein Ständchen. Nach dieser Ehrung machten sich Ross und Reiter auf den Weg. Lange quälten sie sich durch den Wald voran, wenn auch mit wohlgefüllten Satteltaschen, bis sie zur Mittagszeit wieder an eine Lichtung kamen, diesmal mit einem weniger unheimlichen Haus in der Mitte. Es war eher ein Häuschen und nicht aus Stein und Holz gebaut, sondern aus Honigbrot, Lebkuchen und Zucker.

Hannes klopfte an. Niemand antwortete. Das leckere Häuschen schien unbewohnt. Suchend gingen sie herum, bis sie vor einem Backofen standen. Seine eiserne Tür war geschlossen und noch heiß. Kleiderfetzen hingen heraus, und ein abgetretener Frauenschuh lag davor, so, als sei eine Frau vom Ofen weggeeilt oder gar zum Braten hineingesteckt worden. Hannes klopfte noch einmal beim Häuschen an, aber niemand antwortete. Da machten die beiden sich ans Naschen. Wie ihnen die Lebkuchen und Printen schmeckten, die Pfeffernüsse und Kekse! – Palludel leckte über eines der kleinen Butzenfenster und merkte, dass die Butzen aus klarem Zucker bestanden. Er biss einige heraus und tat sich wohl damit.

Nachdem beide hinreichend genascht, öffnete Hannes vorsichtig die Tür. Herausgerissene Schubladen lagen drinnen auf dem Boden, Schränke und Truhen waren aufgebrochen und leer, das Bett durchwühlt. Hier war nichts mehr zu holen. Oder doch? – Auf dem Boden, in einer Ecke, funkelte ein großer himmelblauer Edelstein. Den steckte Hannes ein. Draußen packte er noch ein paar Süßigkeiten in die Satteltaschen, und weiter ging's. Am Abend kamen sie aus dem Wald. Sie rasteten und stärkten sich. Im fahlen Mondschein zogen sie weiter durch freies Land an einem Fluss entlang, den dunkle Erlen säumten. Nebelstreifen wallten auf und zogen gespenstisch vorüber. Plötzlich hörten sie – taram, taram, taram – einen Reiter nahen. Im Galopp kam er heran. Er hielt ein zitterndes Kind im Arm. „Mein Vater, mein Vater, und hörest du nicht, was Erlenkönig mir leise verspricht?" stöhnte es, und schon war die Erscheinung verschwunden.

Am Fuß eines mächtigen Hügels, der dicht von dornigem Buschwerk überwachsen war, sagte Hannes: „Hier übernachten wir! – Hier sind wir sicher! So viele Dornen locken keine Bösewichter an."

Im Traum erschien Hannes ein alter Mann. Der erzählte, dass sie am Fuß einer prächtigen Königsburg ruhten, in der eine wunderschöne Prinzessin, Dornröschen genannt, von einer Hexe verzaubert, schon seit hundert Jahren schliefe und mit ihr die königlichen Eltern sowie der ganze Hofstaat. Nichts hätte sich mehr nach dem Zauber in der Burg gerührt, und eine Dornenhecke überwucherte sie. – Nur der Kuss eines edlen Prinzen auf Dornröschens Lippen könnte den Zauber lösen. Von Zeit zu Zeit wären wohl manche Prinzen gekommen, die von der Sage gehört hätten, und zu der Schönen vordringen wollten. Es war ihnen aber nicht möglich, denn die Dornen hielten zusammen, als hätten sie Hände. Die Prinzen blieben hängen, konnten sich nicht losmachen und starben eines jämmerlichen Todes. – „Versuch du, lieber Hannes, nicht auch noch vergeblich dein Glück!"

Als Hannes erwachte, leuchtete ihm die Morgensonne ins Gesicht. Palludel graste in der Nähe. Hannes blickte sich nach dem dornigen Hügel um. Zu seiner Verwunderung hatten sich die Dornenzweige in blühendes Rosengezweig verwandelt. Sein Ross am Zügel ergreifend ging er auf die duftende Hecke zu. Die Rosenzweige taten sich auseinander und ließen die Beiden unbeschadet durch.

Über eine Zugbrücke kamen sie an das offene Burgtor, zogen durch ein finsteres Gewölbe, in dem Palludels Hufschlag laut widerhallte. Sie kamen auf einen von den Rosenzweigen überschatteten Hof hinaus. Nichts bewegte sich dort. Ein paar scheckige Jagdhunde schliefen vor dem Eingang des größten Burggebäudes. Die Tauben am Dachrand hatten die Köpfchen unter die Flügel gesteckt.

Hannes hieß seinen Palludel warten und trat in ein Seitengebäude. An den Wänden schliefen die Fliegen. In der Küche stand bewegungslos der Koch und hielt die Hand gehoben, als wollte er dem gebückt vor ihm stehenden Küchenjungen eine Ohrfeige versetzen. Die Magd saß erstarrt mit einem toten Huhn, das sie rupfen wollte.

Im Rittersaal des Haupthauses schliefen der König und die Königin samt ihrem Hofstaat.

Eine lange gewundene Treppe führte zu einer kleinen Pforte. Hannes öffnete sie und gelangte in ein von den Rosenzweigen vor dem Fenster in Dämmerlicht getauchtes Stübchen. Es stand nur ein Spinnrad im Stübchen, ein Schemel, eine Truhe und ein kleines Bett. Auf dem Bett aber lag im Schlaf ein wunderschönes junges Mädchen. Es konnte nur das Dornröschen sein aus der Geschichte des alten Mannes. Hannes vermochte nicht, die Augen abzuwenden. Schwarz wie Ebenholz umfloss das Haar ihre Schultern, und das liebliche Gesicht, über dem ein sanftes Lächeln lag, schimmerte weiß wie Milch und rot wie Blut.

Hannes beugte sich über die Schlafende. Er konnte nicht widerstehen und küsste sie. Da wurde es hell im Zimmer. Die Zweige vor dem Fenster bogen sich weg, und Dornröschen schlug die Augen auf.

Zugleich erwachten der König, die Königin und der ganze Hofstaat. Die Jagdhunde im Hof standen auf und schüttelten sich, die Tauben am Dachrand sahen umher und flogen herum. Die Fliegen summten, das Feuer in der Küche flackerte, der Braten fing an zu brutzeln, der Koch gab dem Küchenjungen seine Ohrfeige, und die Magd rupfte das tote Huhn.

Dornröschen blickte Hannes verwundert an. „Du hast mich und uns alle von einem bösen Zauber erlöst", sagte sie mit einer noch etwas heiseren Stimme. „Wer bist du und wie heißt du?"

„Ich bin der arme Bauernbursche Hannes. Draußen im Hof steht noch mein kleines wackeres Ross. Sonst besitze ich nichts als diesen Edelstein, und den schenke ich dir!"

Er reichte ihn Dornröschen und sie sagte: „Wie schön ist er, wie rein und strahlend. – Schön und strahlend bist auch du! Und du bist kein armer Bauernbursche, sondern ein edler Prinz und sollst hinfort nicht Hannes heißen, sondern Johannes – Prinz Johannes! – Ehe wir zum König und der Königin gehen, musst du noch deine Kleider wechseln und dich waschen. Unten findest du Wasser und Seife und schöne neue Gewänder. Rufe, wenn du fertig bist, dann gehen wir zu meinen Eltern, und du wirst deinen Lohn erhalten."

Als es soweit war, traten Prinz Johannes und Dornröschen vor den König und die Königin. Diese gaben die Beiden bald zusammen.

Die Hochzeit wurde mit einem glänzenden Mahl gefeiert. Köstliche Gerichte in goldenen Schüsseln und auf silbernen Platten wurden zur Tafel gebracht. Gläser blinkten, gefüllt mit edlem Wein. Festliche Reden und Glückwünsche erschallten.

Palludel, der mit an der Tafel saß, sagte zu dem Minister an seiner Seite: „Der Prinz wusste nicht was er suchen sollte, aber er hat es gefunden!"

Und wer machte die Musik zu den Festlichkeiten? – Die Bremer Stadtmusikanten!

Letzte Jahre

Das lichte Rund eines Rosengartens, eingefasst von einer hohen Hecke, vor der Ruhebänke stehen, im Wechsel mit antikischen Marmorstatuen. In der Mitte prangt auf einem mehrstufigen Unterbau ein offener Rundtempel aus vergoldetem Schmiedeeisen. Kiesbestreute Spazierwege teilen die von Vergissmeinnicht eingefassten, duftenden Rosenbeete.

Wie erholsam ist es hier, abgeschieden vom Treiben der Stadt! – Verträumte Besucher fortgeschrittenen Alters. sitzen auf den Ruhebänken oder spazieren gemächlich zwischen den Rosenbeeten und um den Rundtempel.

Zu Füßen zweier silberhaariger Damen hüpft ein Rotkehlchen. Die Damen beugen sich vor und streuen ihm Kekskrümel hin.

Unweit der Damen hat er platzgenommen, der Pensionär Doktor Rochus Muräner, ehemaliger Mitarbeiter an einer wissenschaftlichen Akademie. Er trägt ein Monokel und blättert in einem Album mit alten Lackbildern, stillvergnügt und ergriffen von der holden Eindeutigkeit der Bilder. Die Damen blicken gelegentlich zu ihm herüber.

Da sitzt auch ein einfacherer Mann mit einem faustgroßen Automobil aus leuchtend rot lackierten Blech in der Hand. Er wendet es hin und her, riecht daran und führt es verliebt zum Mund. Ab und zu richtet er das Gesicht empor und lauscht dem kunstvollen Gesang einer Amsel

Neben dem Eingang zum Garten wartet ein Verkäufer mit einem Süßwarenwagen an dem auch bunte Luftballons befestigt sind.

Ohne dass man es bemerkt hat, ist in dem vergoldeten Rundtempel ein Musikant mit Leierkasten eingezogen. Er lässt süße Melodien und altbekannte Tanzweisen erklingen.

Wer von den Besuchern des Rosengartens bislang herumgewandert war, hält überrascht inne. Doktor Muräner steckt sein Album weg und erhebt sich; ebenso die beiden silberhaarigen Damen. Auch der Mann mit dem leuchtend roten Blechautomobil schiebt es in die Tasche und verlässt seine Bank. Die Amsel verstummt, das Rotkehlchen ist davongeflogen.

Die Besucher sind ergriffen von der Musik. Versonnen wiegen sie sich zu den Klängen, bis sie aufeinander zugehen, sich zu einem Reigen ordnen und in mäßigen Bewegungen um den Rundtempel tanzen. Nach einer langen Reihe von Nummern verklingt die Musik, und der Leierkastenmann verschwindet, unbemerkt wie er gekommen war.

Der Zauber der Musik schwingt weiter in den Gartenbesuchern. Leise vor sich hinsummend machen sie sich auf und brechen Rosenzweige. Sie ordnen sie zu Kränzen oder Girlanden und schmücken damit die Marmorstatuen.

Ihr Gesumm geht allmählig in ein erregtes Flüstern über. Sie lassen ab von der Schmückung der Statuen, und wenden sich dem Süßwarenwagen zu. Sie kaufen Kekse und Pralinen, Früchte und Liköre; naschen und knabbern, lutschen und nippen. Nachdem sie hinreichend erquickt sind, wenden sie sich den Luftballons zu.

Vergnügt spazieren sie mit ihnen herum, bis sie wieder zusammentreten. Nach einem ermunternden Ruf lassen sie die Ballons los. Schwankend steigen sie ins Himmelsblau und treiben langsam davon. Man umarmt und küsst sich.

Muräner sitzt wieder auf seiner Bank. Er hat den Süßwarenwagen nicht besucht und Abstand genommen von den Schwärmereien.

Unvermutet treten zwei grau uniformierte Männer mit achtungsgebietenden Dienstmützen in den Rosengarten.

„Luftballons fliegen zu lassen ist hier verboten!" sagt der eine, und der andere ruft: „Was sollen die Blumen an den Statuen? Wegnehmen, aber sofort!" Sie fragen den Süßwarenverkäufer nach seiner Konzession. Er hat keine, muss seine Sachen zusammenpacken und den Ort verlassen.

‚Seht ihr, das kommt davon', denkt Muräner und rückt sein Monokel zurecht.

Nachdem die rechte Ordnung wiederhergestellt ist, verschwinden die Männer mit den achtungsgebietenden Dienstmützen. Bald ist das Rotkehlchen wieder da, die Amsel singt und die Gartenbesucher fallen in ihre Träumereien zurück.

Gepriesen sei die Stadt, die einen Rosengarten hat!

Doktor Muräner sitzt nicht nur gern im Rosengarten, er geht auch spazieren und besteigt, den lieben Augen einen Schmaus zu bieten, Türme, und Berge; eines

Tages auch den Hügel im Park.

Auf diesem erhebt sich wie im Rosengarten über mehreren Stufen ein runder Aussichtstempel. Marmorne Säulen tragen das von einem bronzenen Pinienzapfen bekrönte Dach und umkränzen einen Inschriftenblock.

Auf gewundenem Pfad steigt der Doktor zum Tempel. Darin hat sich kurz vor ihm eine Gruppe von Schülern und Schülerinnen mit ihrer Lehrerin versammelt. Der Doktor stellt sich in ihre Nähe. Vor ihm prangt die Silhouette der Stadt. Ein beglückendes und belehrendes Bild.

„Genießt die gute Luft!" spricht die Lehrerin. „Atmet die Luft tief ein, sie ist besser als die in der Anstalt! – Hört ihr das muntere Gezwitscher in der Höhe? – Es sind die Stimmen von Lerchen, die dort fliegen, spannenlange, sonst am Boden herumtrippelnde Singvögel unauffälliger Erscheinung."

Achtsam neigen einige der Schüler den Kopf zur Seite, um zu lauschen. „Was fressen Lerchen?" fragt ein Schüler.

„Zumeist Pflanzensamen", erwidert die Lehrerin und fährt fort: „Vor uns liegt die Stadt ausgebreitet. Ich werde euch nun ihre herausragenden Bauwerke von links nach rechts erklären!"

Damit beginnt sie, die einfachen oder doppelten Türme, die Kuppeln und ragenden Giebel in langsamer Folge zu beschreiben und auf ihre Bedeutungen hinzuweisen.

Muräner hört zu und wirft gelegentlich einen Blick auf die Gruppe. Es fällt ihm auf, dass die Schüler den

Kopf nicht den aufgeführten Baudenkmälern zuwenden, sondern unbewegt geradeaus schauen.

Er hustet und räuspert sich. Die Lehrerin unterbricht sich und blickt ihn an. Auch die Jungen und Mädchen wenden sich zu ihm herum. Er entschuldigt sich. Zugleich ergreift ihn ein Schauder, denn die Schüler haben blicklose, geronnene, verdrehte, oder geschlossene Augen. Sie sind blind! – Blind sind sie alle und weilen dennoch in einem Aussichtstempel.

Betroffen stiehlt sich Muräner davon und geht im Park spazieren. Dabei entwickelt er den Plan zu einer kleinen Blindengeschichte, hat er doch bei aller wissenschaftlichen Gelehrsamkeit eine poetische Ader.

Zuhause denkt er über den Plan der Blindengeschichte nach. Den Inhalt hat er vor Augen. Wie aber soll der Titel lauten? – Titel machen Geschichten, ebenso wie Rahmen Bilder machen. Er hat's:

Der Pfau der Königin

„Ein armer elternloser Junge mit einem Buckel", schreibt er, „der bei einem bösen Meister arbeitete, lief diesem eines Tages davon. Über Wiesen und Felder eilte er, bis er an einen großen Wald kam. Schaudernd drang er in sein geheimnisvolles Dunkel.

Nach langen Irrwegen, öffnete sich eine Lichtung. Hier wuchsen die schönsten Blumen. Auf einem Felsblock saß ein prächtiger Pfau mit stattlicher Schleppe. Er hob sie, schlug ein vieläugiges Rad und stieß einen durchdringenden Begrüßungsschrei aus. Erstarrt stand der Junge. Der Pfau flatterte vom Fels und schritt auf ihn zu. Der Junge wollte davonlaufen. Der Pfau aber rief: „Bleibe ruhig bei mir! – Ich könnte dir helfen!

Er erzählte dem Jungen von seiner Königin und ihrem Zauberschloss hinter dem Wald. Das Schloss sei noch viel schöner als sein Federkleid. Und die Königin würde ihn reich und glücklich machen.

‚Die Königin und ihr Schloss möchte ich wohl sehen‘, meinte der Junge.

„Ich kann dich hinführen, aber du musst mir eines deiner Augen geben!“

Der Junge zögerte, doch er sagte sich: ‚Wie soll ich sonst hingelangen‘, und bot dem Pfau sein linkes Auge an. Der zauberte es weg und fügte es zu den anderen Augen in seiner Schleppe.

Gehen wir immer geradeaus“, forderte er den Jungen auf und führte ihn durch das Waldesdunkel, bis es schien, als leuchtete und funkelte ein Zauber in der Ferne zwischen den Stämmen. Verwundert blieb der Junge stehen.

„Es ist das Schloss der Königin, das du schon siehst“, erklärte der Pfau. – Gehen wir weiter!“

Vor einer tiefen, sich lang hinziehenden Schlucht mussten sie innehalten. Ein kalter modriger Hauch stieg aus dem Abgrund empor.

Der Junge: „Führ’ mich weiter zum Schloss der Königin!“

Der Pfau: „Ich kann dich über diesen Abgrund nur bringen, wenn du mir noch dein anderes Auge gibst!“

„So nimm es!"

Der Pfau zauberte es weg und fügte es zu den anderen Augen in seiner Schleppe.

Nun war der Junge blind. „Gehen wir weiter!" sagte der Pfau.

Der Junge folgte. Nach wenigen Schritten stürzte er in den Abgrund. Da lag er in der Tiefe und war nun nicht mehr arm, hatte keinen Buckel mehr und keinen bösen Meister. Er war auch nicht mehr blind.

Der Pfau flatterte laut kreischend davon ..."

In der schönen Frühlingszeit kehrt Doktor Muräner zum Mittagessen in einem ländlichen Gasthof ein. Hungrig und durstig macht er sich an das von der dikken Wirtin aufgetragene Mahl. Dazu trinkt er ein großes Bier.

Während er den Schaum des zweiten großen Bieres absaugt, tritt aus der zweiflügelig schwingenden Tür hinter dem Tresen ein junges Mädchen hervor, den Kopf von einer überdimensionalen Kochmütze bedeckt. Darunter ein reizendes Gesicht.

Muräner klemmt sein Monokel ein. An der Wirtin und dem Tresen vorbei kommt das Mädchen in schlichtem Arbeitskleid hervor – mein Gott, was für eine entzückende Figur! – geht auf ein Fenster zu, nimmt einen krank aussehenden Blumenstock und trägt ihn, Muräner zulächelnd, durch die zweiflügelig schwingende Tür davon.

Als der Gast noch einen eisgekühlten Enzianschnaps

genossen, tut er der Wirtin kund, dass er bezahlen möchte. Sie kommt. Geldscheine und Münzen wandern hin und her. Er fragt, was denn das für ein reizendes junges Mädchen sei mit der großen Kochmütze. Hätte sie das köstliche Mahl bereitet?

„Ein reizendes junges Mädchen mit großer Kochmütze kenne ich nicht! – So eine gibt es hier nicht. – In meiner Küche arbeiten nur Männer."

Die Wirtin nimmt das gebrauchte Geschirr an sich, kehrt ihrem Gast den Rücken zu und entschreitet. Betreten blickt Muräner auf die leere, blauweiß karierte Tischdecke.

Er steht auf, steckt das Monokel weg und verlässt die wenig besuchte Gaststube mit einem verhaltenen Grüß Gott.

‚Merkwürdig!' denkt er auf dem Heimweg. ‚Ich habe sie doch genau gesehen, und sie hat mir sogar zugelächelt …'

In einem Antiquitätengeschäft entdeckt er ein eindrucksvolles goldgerahmtes Bildnis, entstanden in der Zeit vor dem ersten Weltkrieg und in einem klassisch-idealen Stil gehalten. Er klemmt das Monokel ein und betritt den Laden.

Das Bild sei, wie der alte Antiquitätenhändler erklärt, ein Selbstporträt des Malers Anselm Jakobi, der in seiner Zeit weitberühmt war, von dem aber heute niemand mehr etwas wüsste. Er hätte den Meister noch gekannt. Der Kunsthändler spricht langsam und sehr sorgfältig.

„Nun habe ich nur noch dieses Bildnis von ihm und möchte eine seltsame Geschichte darüber erzählen. Jakobi hat sie erlebt, bevor er mir das Werk kurz vor seinem Tode brachte. Der Meister erschien zu meinem Schrecken furchtbar verwandelt mit marmorweißen Händen, weißem Kopf und leeren weißen Augen. Auch sein Jackett war marmorweiß. Nur die nichtgemalten unteren Partien seiner Gestalt zeigten sich in ihrer Wirklichkeit.

Nachdem ich mich von meinem Schrecken erholt hatte, öffnete Jakobi die marmornen Lippen und berichtete, dass er, bevor das Bildnis entstand, in einem Straßencafé saß, dem gegenüber ein kleines Geschäft lag. Aus diesem wären frisch und schön aussehende Damen und Herren herausgekommen, nachdem sie verbraucht und unansehnlich hineingegangen waren. *Bildniskunst Rüdiger Kümstett,* stand auf dem Ladenschild, und er, nachdem der Kaffee genossen, hätte sich gesagt, neugierig und interessiert wie er war – nur interessierte Menschen sind interessant – er hätte sich gesagt: ‚Warum soll ich nicht in das Geschäft gehen, um zu erfahren, was es mit den Bildniskünsten für eine Bewandtnis hat'. Er ging hinein. Vor einem großen Spiegel saß eine Dame, um die sich ein schmiegsam tänzelnder Mann, zweifelsohne Herr Kümstett, bemühte. Er tupfte hier und pinselte dort an ihrem Gesicht, trat endlich zurück, und die Dame, frisch und schön von Angesicht, erhob sich. Nach einem letzten Blick in den Spiegel begleitete sie Kümstett befriedigt zur Kasse, bezahlte, grüßte und verließ den Laden. Kümstett wandte sich Jakobi zu und fragte, ob er auch ein Bildnis von sich wünsche. „Aber gern!" erwiderte Jakobi und nahm auf dem Sessel vor dem Spiegel platz. Kümstett warf ihm einen Mantel über, zog ihm eine Binde aus Krepp-Papier um den Hals und begann zu arbeiten. Jakobi schloss die Augen. Er spürte wie sein Gesicht mit einer kühlenden Creme überzogen wurde. ‚Jetzt grundiert er! – Jetzt grundiert er genau so wie ich meine Malereien grundiere', dachte er und schlief ein. Die Worte „bitte sehr" weckten ihn. Erschrocken erblickte er sein Spiegelbild. Es stellte ihn verjüngt, schön und frisch dar. Das also war Kümstetts Bildniskunst!

Der Antiquitätenhändler berichtet weiter: „Angeregt von diesem Erlebnis begann Jakobi ein Selbstporträt zu malen. Dabei gebrauchte er natürlich auch einen Spiegel. Im Laufe der Arbeit bemerkte er darin, wie bei jedem Farbauftrag etwas der eigenen Farbigkeit und Wirklichkeit dahinschwand, bis sich sein Kopf, die Hände und das Sammetjackett weiß wie Marmor zeigten. Alles Lebendige an ihm war als farbiger Abglanz auf die Leinwand übergegangen.

„Hier haben sie den Abglanz, fügt der Antiquitätenhändler hinzu, und den schenke ich Ihnen!"

„Das kann ich niemals annehmen!" entgegnet Doktor Muräner und steckt das Monokel weg. „Es ist ein bedeutendes Werk!"

„Nehmen Sie es! Es ist, wie sie gehört haben, nur ein Abglanz!"

Der Kunsthändler schlägt das Bild in ein Tuch und überreicht es dem Doktor. Nachdem dieser es zögerlich an sich genommen hat, drückt er dem Kunsthändler zum Abschied dankbar die Hand. Sie ist kalt wie Eis.

Zuhause lehnt Muräner das Bildnis an einen Schrank und wandelt, es mit eingeklemmtem Monokel betrachtend, vor ihm auf und ab. ‚Wo soll es hängen?' – Sein Blick fällt auf ein Rosenstilleben. Er liebt dieses Bild, weil es von einer beruhigenden Eindeutigkeit ist, unproblematisch und einfach nur schön wie seine Lackbilder.

‚Jakobis Selbstbildnis soll an seiner Stelle hängen!' – Er vollzieht den Wechsel und setzt sich, um das Bildnis noch genauer zu betrachten, auf das Sofa.

‚Ein herrliches Werk!'

Nach einer unruhigen Nacht begibt er sich wieder zu Jakobis Bildnis. Aber wo ist es? – Der Goldrahmen hängt noch da, aber er umschließt eine leere Leinwand.

‚Ist es wirklich so? – Ja, es ist so! – Vergänglicher Abglanz!'

Er nimmt das erloschene Bildnis von der Wand, hüllt es in das Tuch des Antiquitätenhändlers und macht sich auf den Weg zu ihm. Er findet das Geschäft nicht. Kreuz und quer irrt er durch die verwinkelte Altstadt. Schließlich geht er mit der goldgerahmten Leere heim.

An seinen Platz hängt er wieder das beruhigend eindeutige Rosenstilleben.

Er spaziert wieder einmal zum Haus des toten Dichters, den er so sehr verehrt. Das Haus ist jetzt ungepflegt, die

Wände fleckig grau, die Fenster erblindet. – Alles hat seine Zeit!

Diesmal steht der Eingang offen, und das Haus ist von Licht erfüllt. Menschen wandeln hinein. Er tritt näher, und fragt eine Dame, was denn in dem Dichterhaus los sei.

„Er liest heute Abend. – Kommen Sie mit. – Der Eintritt ist frei."

Er schließt sich der Dame an und schreitet verlegen durch die kahle Vorhalle und einen etwas modrig riechenden Korridor in das geräumige ehemalige Arbeitszimmer des Dichters.

In der letzten Reihe der Stühle und Sessel, die auf einen mächtigen Schreibtisch – des Dichters Schreibtisch – ausgerichtet sind, setzt er sich und klemmt das Monokel ein. Die meisten Plätze sind schon besetzt. Zuletzt tritt des Dichters greise Witwe ein. Sie lässt sich vorn in einem besonderen Sessel nieder.

Erwartungsvoll murmeln und tuscheln die Gäste.

‚Sollte wirklich gleich eine Auferstehung des toten Dichters geschehen? – Sollte man ihn wirklich wieder sehen und hören?'

Ein kahlköpfiger Mann im Laborkittel kommt aus einer Seitentür, stellt ein kastenförmiges Gerät auf den Schreibtisch, hantiert mit allerlei Kabeln und verschwindet wieder.

Es wird stiller im Raum und endlich dunkel. Nur noch ein schwaches rotes Licht glüht über der Eingangstür.

In der erwartungsvollen Stille vernimmt man markante Schritte, und eine im Dunkel nur schemenhaft zu erkennende Gestalt tritt, wie zuvor der kahlköpfige Mann, durch die Seitentür herein. Die Gäste klatschen und stoßen Begrüßungsrufe aus.

‚Mein Gott, er ist es!'

Seine Brille blinkt in dem schwachen roten Licht, und Muräner erkennt sein Profil.

‚Mein Gott, er ist es wirklich!'

Der Beifall verstummt. Ehe der Dichter sich an den Schreibtisch setzt, sagt er scherzhaft: „Ich muss doch von Zeit zu Zeit nachsehen, was da heroben vor sich geht, und ob man sich noch an mich erinnert."

Einige Gäste lachen. Der Auferstandene setzt sich und beginnt vorzulesen. ‚Wunderbar, dieser pathetisch und singend vorgetragene, pointierte und mit ironischen Einfällen durchsetzte, hoch genau formulierte Text.' Muräner gehen die Augen über.

Der Dichter bricht endlich ab, so, als hätte man seinen Vortrag wie ein elektrisches Gerät abgeschaltet. Abermals klatschen und jubeln die Gäste. Der Schatten des Dichters entschwindet durch die Seitentür.

Licht flammt auf, Füße scharren, Stühle und Sessel rücken. Die Gäste verlassen langsam den Raum. In der hell erleuchteten Vorhalle wandelt ein sorgfältig gekleideter Herr mit einer Brille wie die des Dichters auf und ab, und es steht der kahlköpfige Mann im Laborkittel in Bereitschaft.

Muräner fragt ihn nach der Toilette. Er wird auf eine schmale Tür hingewiesen und öffnet sie. Übelste Gerüche schlagen ihm entgegen, und er sieht, dass die ersehnte Klosettschüssel bis zum Rand mit menschlichen Exkrementen gefüllt ist.

Schnell verlässt er die Stätte und tritt unerlöst, aber noch immer glücklich bewegt, auf die Straße in den Alltag hinaus.

Nach Wochen ohne besondere Erlebnisse dichtet er, um sich ein wenig geheime Schadenfreude zu bereiten, eine Ballade. Besonders formschön ist sie nicht:

Zwei Drachen

Wer eilt denn da so früh
schon barfuß hin zum Strand?
Es ist die kleine Hildesuse,
Die Tochter armer Fischer.
Sie hat ein kurzes Hemdchen an,
Ihr Nachthemd mag es sein.
Mit beiden Händen hält sie einen Drachen.
Den hat der Opa gestern ihr gebaut.
Ein dickes Schnurknäuel hält sie auch.
Unsicher blickt die Kleine über's Meer,
Das leise hin- und widerrauscht.
,Was wohl die Eltern sagen', denkt sie,
Wenn ihre Hildesuse weg? – Ach was!'
Sie wickelt ein Stück Schnur vom Knäuel,
Beginnt zu laufen, blickt zurück, und wirft
Den langgeschwänzten Drachen hoch.

Der taumelt erst und will nicht steigen.
Da läuft die Hildesuse schneller
Und lässt den Drachen freier.
Er steigt und schaukelt nun nicht mehr.
Hoch, immer höher steigt er,
Ins Morgenblau und zu den Wolken.
Laut jauchzt die Hildesuse.
Da fasst ein arger Wind den Drachen.
Er rüttelt ihn, bläst ihn herum
Und lässt ihn endlich stürzen.
Weit wird er fortgeblasen
Zum dunklen Wald dort hinten.
Die Kleine hält die Schnur noch fest.
So kann sie ihren Drachen finden.
Sie spult sich hin zum Wald,
Die Schnur führt tiefer sie hinein,
Und ist auch beinah eingespult.
Da bricht statt Opas Drachen aus Papier
Ein echter Drache aus dem Dunkel,
Groß, schuppig, giftig grün.
Auf kurzen Beinen wackelt er heran,
Laut schreit die kleine Hildesuse
Und lässt ihr Schnurknäuel fallen.
Der neue Drache richtet sich empor.
Er starrt sie an mit gluhen Augen.
Vor Schreck verstummt die Hildesuse.
Das Ungeheuer packt sie.
Es leckt sie ab und spricht:
„Du kleines, süßes, fettes Ding,

Dich werd ich fressen, aber später.
Hält doch im Netz die Spinne ihre Beute
Auch länger fest, eh' sie sie frisst!"
Da hast du es, O Hildesuse,
Das kommt davon, wenn man den Eltern
So früh am Morgen wegläuft.

Doktor Muräner, allmählich etwas unsicher gehend, gelangt am Rand der Stadt zum alten Schlachthof, einem aus Ziegeln im historistischen Baustil erbauten Gebäudekomplex. Die Anlage ist längst aufgelassen, und dennoch sind darin Geräusche zu vernehmen.

Vor dem offenen Eingangstor fährt ein kleiner Lastwagen vor. Ihm entsteigen zwei stämmige Männer in Metzgertracht mit Gummistiefeln, die Ärmel hochgekrempelt. Sie laden eine lederüberzogene Liege mit erhöhtem Kopfteil ab. Unter den kurzen birnenförmigen Beinen der Liege sind Röllchen angebracht, die gellend quietschen, als die Männer das Möbel in den Hof schieben. Was haben sie vor?

Der Doktor sieht ihnen zu, bis der eine sagt: „Na Sie?"

Der andere: „Wollen die Schlachterei wohl auch nicht lassen, alter Freund."

„Nein, nein, ich wollte doch nur sehen, was in dem alten Schlachthof los ist."

„Dann kommen sie! – Ich bin der Karl."

„Und ich der Gustav."

Zögerlich geht Muräner den beiden und ihrer quietschenden Liege nach.

Gustav wendet sich zu ihm herum und sagt: „Das gute Stück ahnt, dass es nun geschlachtet wird."

Sie schieben die quietschende Liege in eine Halle mit hohen, teilweise zerschlagenen Bogenfenstern, durch die die Abendsonne blutrot scheint. Aus der Höhe leuchten nackte Glühbirnen.

„Die Schlachthalle", erklärt Gustav.

Es zeigen sich darin schon andere Metzger am Werk. Dumpfe Schläge und reißende Schlitzgeräusche hört man, Rufe und befehlende Stimmen. Gelegentlich schreit eine Knochensäge. Ein Herr in weißem Kittel bewegt sich zwischen den Gruppen.

Karl erklärt: „Veterinärrat Döllitscher. Im Beruf Friseur."

Die Liege ist soweit. Gustav stellt sich breitbeinig vor ihr auf, hebt eine Axt, die er am Gürtel trug und lässt sie auf das Kopfteil der Liege niederschmettern. Die Liege bricht zusammen. Karl drängt Gustav zur Seite, zieht ein Messer, und stößt es unter dem abgesunkenen Kopfteil tief in das Polster. Siegreich schmunzeln die Beiden, ergreifen ihre Liege an den Hinterbeinen, zerren sie zu einem herabhängenden Kettenpaar, befestigen sie daran und ziehen sie in die Höhe.

„Jetzt lassen wir erst einmal ausbluten."

In Betrachtung versunken stehen beide vor der hängenden und noch leicht hin und her schaukelnden Liege. Als die Liege ruhig hängt, beugt Karl sich mit dem Messer vor und schlitzt das Polster auf mit einem langen Schnitt.

Der Doktor hat genug gesehen. Von Ekel und zugleich von einem eigenartigen Lustgefühl durchdrungen zieht er sich zurück und setzt seinen Spaziergang fort.

'Der alte Schlachthof!' denkt er. – 'Er wird also immer noch genutzt. – Bin ich nicht selbst ein alter Schlachthof und immer noch genutzt?'

Die Eisenbahn bringt ihn nach kurzer Fahrt zu einem sehenswerten Kloster. Vom Bahnhof ist der Weg dorthin nur kurz.

Andächtig öffnet er das schwere Portal der Kirche und tritt in eine weite dämmrigkühle Halle. Kein weiterer Besucher ist zu sehen. Im Chor hängt hoch am Kreuz der Erlöser. Eine urtümlich gestaltete Plastik aus Holz. Das Haupt des Heilands ist zur Seite gesunken. Verblichen rinnt das Blut aus seinen Wunden. Der Doktor blickt ergriffen zu dem Bildwerk hoch.

Schwätzen und Lachen schrecken ihn auf. Hinter der Tür zum Kreuzgang kommt es her. Er löst sich von dem Anblick des Gekreuzigten und öffnet diese Tür. Geblendet blickt er durch die Spitzbögen des Kreuzgangs in den sonnenbestrahlten Klostergarten und vernimmt, nun ungebrochen, das Lärmen einer Reisegruppe. Ein Abgesandter der Klosterverwaltung steht dabei. In strenges Grau gekleidet hebt er die Hand und beginnt, das Unsichtbare sichtbar zu machen. Aufmerksam lauscht man seinem Vortrag über die kunsthistorische Bedeutung der zum Garten hin durch Spitzbogenfenster offenen Brunnenkapelle, in der sich lange schon kein Brunnen mehr befindet. Der Vortrag ist gelehrt, lässt aber doch die Hörer bald ermüden. Sie blicken hin und blicken her und scharren mit den Füßen.

Plötzlich stolpert eine wohlbeleibte kurzbeinige Frau und stürzt rücklings auf den Boden der Brunnenkapelle.

'Ihr Beitrag zum Geschehen', denkt Muräner.

Der Abgesandte bricht den Vortrag ab.

Da liegt sie, die Arme starr zur Seite ausgestreckt. Den Kopf hat sie zur Seite gewandt. Die Augen sind geschlossen.

Der Abgesandte beugt sich über sie. Er wagt sich nicht sie zu berühren. Auch die Gefährten der Gestürzten greifen nicht hilfreich zu. Eine junge Frau beginnt zu kichern. Wohnen das Erschreckende und das Komische doch nahe beieinander.

Da liegt sie. Der Gekreuzigte im Chor der Kirche hing. Er freilich hing in schlanker Gestalt aufrecht im Dämmerlicht, und sie liegt dick und kurzbeinig im Sonnenschein. Er war entkleidet, und sie steckt mit einer dünnen himmelblauen Jacke und einer weiten gelben Hose. Die an den Gelenken geschwollenen Füße umschließen plumpe gelbe Schuhe. Der Heiland war barfuß und lange dunkle Locken hingen ihm auf die Schultern. Den Kopf der Frau bedecken starre silbergraue Löckchen. Sein Gesicht war bleich und mager, und ihr Gesicht ist rund und feist.

„Sie lunst! – Sie lunst ja!" wird gerufen. Die Gestürzte blinzelt erst mit einem Auge, und dann verwundert mit beiden Augen in das Kreuzgewölbe. Sie zieht die Arme an die Seite, hebt den Kopf.

Während der Abgesandte wegschaut, trauen die Reisegefährten sich, sie anzufassen und empor zu richten.

'Auch eine Kreuzabnahme', denkt Muräner.

Die Gestürzte steht, tut ein paar Schritte, klopft sich den Staub ab, und erklärt, dass sie einfach gestolpert sei. Es würde ihr nichts fehlen, sie sei im Nehmen hart.

Daraufhin verabschiedet sich der Abgesandte, seinen Vortrag unbeendet lassend, und die Reisegruppe wallt erlöst zum 'Hirsch' hinüber, einem gernbesuchten Restaurant. Der Doktor geht mit.

Die Auferstandene bestellt sich Wildschweinbraten. Ohne an ihren Sturz zu denken schmaust sie behaglich und trinkt ein Bier dazu.

Nachdem viele ereignislose Wochen vorübergeflossen sind, wagt es der alte Doktor, noch eine größere Reise zu unternehmen. Freund Kuno hatte eingeladen, auf seinem Landsitz in Oberitalien ein paar schöne herbstliche Tage zu verleben. Er fährt mit der Eisenbahn. Glücklich gelangt er zu dem kleinen, schon etwas verfallenen Landsitz am Ufer der Adria.

Aus dem mauerumschirmten Hof des Anwesens blickt man durch einen Torbogen auf das Meer und einem langen hölzernen Steg entlang, an dem Kunos Motorboot liegt.

Lesend oder in guten Gesprächen mit seinem Gastgeber genießt Muräner die Tage. Für Kost und Wein sorgt eine brave Haushälterin.

Eines Tages muss Kuno seinen Freund allein lassen, weil er zusammen mit der Haushälterin ein Amt aufsuchen muss. Der Gast begleitet die Beiden zum Boot, winkt ihnen nach und begibt sich in den Hof zurück. Dort macht er es sich mit einem Buch im Liegestuhl bequem und blickt, ohne zu lesen, durch den Torbogen über den Bootssteg auf das Meer.

Ein Mann mit einem Schubkarren schreitet auf einmal über den Steg daher. – Wie kam er auf den Steg? – Was ist das für ein Mann?

Muräner erhebt sich, als er näher kommt und seinen Karren in den Hof schiebt. Sein bleiches Gesicht ist mit einem senkrechten schwarzen Streifen über jedes Auge bemalt.

'Kein wirklicher Mensch, sondern eine allegorische Gestalt?'

„Rochus! – Doktor Rochus Muräner!" ruft der Fremde, nachdem er seinen Karren abgestellt. „Ich bin der Leichenwäscher." Stroh füllt den Karren.

Dem Mann ist in einigem Abstand eine alte Frau gefolgt. Sie schwingt einen Besen, und kehrt goldgelbes, sich bei jedem Schwung wundersam vermehrendes Herbstlaub vor sich her und kehrt es durch das Tor in den Hof, dessen Boden bald unter einer trockenen Laubdecke verschwindet. Der Mann streut Stroh darüber. Danach lehnt die Frau den Besen an die Wand und reckt eine Hand empor, in der ein Flämmchen aufleuchtet. Auf Fußspitzen trippelt sie auf den Doktor zu, wirft ihm das Flämmchen vor die Füße. Sofort beginnen

Laub und Stroh zu brennen. Muräner steht gelähmt. Die zurücktretenden Gestalten beobachten ihn.

Muräner aber streckt den Flammen beschwörend die Hände entgegen und singt mit durchdringender Stimme: „Feuersegen, Feuerzauber – Feuerzauber, Feuersegen, weg damit!"

Die Flammen gehorchen seinem bis zum äußersten angespannten Willen. Sie verlöschen. Dafür beginnen die Eindringlinge anzubrennen und rennen heulend ohne Besen und Schubkarren hinaus und über den Steg davon.

Der Siegreiche ruft ihnen nach: „Ihr lächerlichen Todesboten, ihr erschreckt mich nicht! Meine Zeit, sie ist noch nicht vorüber"

Zutiefst beglückt, macht er es sich wieder mit seinem Buch im Liegestuhl bequem und wartet, ohne zu lesen, auf Kunos Rückkehr.

Nach dem Erlebnis in Italien reist er nicht mehr und verzichtet auch auf längere Spaziergänge. Er hält sich schadlos an Träumen und Erinnerungen, dichtet.

Am Vormittag hinkt er gelegentlich zum Freihafen. Dort besucht er zuerst *Schabberings Weinstube* und gönnt sich ein Glas Portwein samt einem Teller frischgesottener Krabben. Danach setzt er sich ans Wasser, die Hafenlandschaft auf sich wirken zu lassen.

Hallen und Kühlhäuser, Türme, in denen Getreide lagert, Tanks und Packschuppen spiegeln sich in den Gewässern der Becken und Kanäle. Schiffe und Kähne gleiten dahin, oder haben an den Docks festgemacht.

Hochragende Kräne löschen und laden. Schwärzliche Arbeiter wimmeln herum, zwischen ihnen bewegen sich ordnende hellere Gestalten. Rauchsäulen steigen, Signallampen blinken. Ein vielgliedriges pulsendes Bild, aufnehmend und abführend wie ein Eingeweidesystem. Über allem schallt und wallt Getöse. Der Doktor sitzt in Betrachtungen versunken und denkt an alte Zeiten.

Unerwartet dringt eine süße, den Lärm ringsum übertönende Musik an sein Ohr. Zu ihren Klängen schwimmt auf dem ölbefleckten Wasser ein außergewöhnliches Gefährt heran, das ein Lichtschein aus der Höhe beleuchtet und begleitet.

Es ist kein Schiff, es ist kein Kahn und auch kein Floß, sondern eine kleine Insel, schuhförmig, vorne leicht hochgebogen. Die felsigen Seiten schmücken Pflanzenranken. Eine Palme überragt die Insel. Als das Gefährt näher kommt, verliert es seine plastische Form und erscheint wie eine gemalte Initiale.

Auf einem Felsblock über blumigem Grund sitzt ein nur von einem zarten Schleier umschlungenes hellhäutiges Mädchen. Es greift in die Seiten einer goldenen Leier. Der Spielerin gegenüber, an den Stamm der Palme gelehnt, lagert ein nackter brauner Jüngling. Er singt zu den Klängen der Leier.

Das sinnbetörende Bild zieht langsam vorüber, gewinnt seine plastische Gestalt wieder, bis es zwischen den Kähnen und Schiffen in der Ferne verschwindet. Zutiefst von dem Erlebten betroffen begibt sich der Doktor nochmals in *Schabberings Weinstube,* was er sich sonst nicht erlaubt hätte.

Er ist inzwischen alt geworden, sitzt meist am Tisch in seiner abgenutzten Küche. Niemand kommt mehr zu Besuch. Gestorben sind sie alle. Sein früher so geliebtes Instrument, ein Cello, rührt er nicht mehr an, die Bücher in seinem Arbeitszimmer bleiben ungenutzt.

Er hat jetzt einen kahlen Kopf, die Lippen sind eingezogen, die Augen ausdruckslos gewordenen.

Er hat das Monokel eingeklemmt. Vor ihm liegt ein schwarz gebundenes Notizbuch. Daneben breitet sich die Morgenzeitung aus, deren Todesanzeigen er soeben durchgesehen. Ein schiefes Lächeln huscht über sein Gesicht, als er das Notizbuch nimmt und darin blättert. Auf dem Vorsatzblatt steht als Motto: *Lange leben heißt viele überleben. J. W. von Goethe.* In dem Notizbuch sind überlebte Personen, die in seinem Leben Bedeutung hatten mit Vor- und Nachnamen, Lebenszeit und Todesursache eingetragen. Das Blättern in dem Buch lässt den Alten sich erinnern an all die überlebten Mitschüler, Freunde und Bekannten. Schullehrer, Professoren und Kollegen, schöne Frauen.

Ihr Tod war jeweils eine Befreiung. Er war sie los, musste sich ihnen nicht mehr dankbar erweisen, keine Besuche machen, keine Geschenke bringen, keine Postkartengrüße schicken. Feindlich Gesinnte konnten nicht mehr schaden, und er selber lebt noch.

Nur sein verhasster ehemaliger Kompositionslehrer, Carlo Kolon, komponiert noch immer seine atonale seelenlose Musik.

'Er kann und kann nicht sterben. Offenbar hat er vor, mich zu überleben. Das aber darf nicht sein!'

Beunruhigt schließt er das Notizbuch und trommelt mit den Fingern auf den Rand der Tischplatte. Er rutscht mit dem Stuhl ein Stück zurück, zieht die Schublade auf, tastet darin herum und bringt einen schweren, etwas sperrigen Gegenstand hervor; einen Revolver, den gepflegten Armeerevolver aus seiner Militärzeit. Er betrachtet ihn, beriecht ihn, pustet in die Mündung und zielt auf den Geschirrschrank. Der Revolver ist nicht geladen, in der Schublade aber liegt genügend Munition.

'Wenn du gesprochen haben wirst, mein Lieber, dann habe ich auch Kolon überlebt und kann mich nur noch selber überleben!'

Damit legt er den Revolver und das Notizbuch in die Schublade zurück, erhebt sich mühsam, steckt die Zeitung weg und wendet sich der Dose mit dem Bohneneintopf zu, den er sich warm macht.

Carlo Kolon ist zum Glück noch rechtzeitig und ohne des alten Doktors Zutun gestorben. An einem Tumor im Gehirn.

Immer neue Altersschwächen überfallen ihn. Auf einer überdeckten Treppe, die zu höhergelegenen Gebäuden führt, wird ihm schwindlig. Er umgreift das Geländer und hält sich mühsam fest. Als er zu sich kommt, fühlt er, dass ihn jemand hält und stützt.

„Nur immer ruhig!" redet ein stattlicher Mann ihn an. "Ich halte Sie!"

Er will sich bedanken und sieht, dass der Helfer blind ist. An seiner Seite wartet im Führungsgeschirr ein wunderschöner Schäferhund. Der noch immer das Geländer Umgreifende denkt an die blinden Schüler in dem Aussichtstempel und seine Geschichte von dem armen blinden Jungen und dem Pfau der Königin.

„Wie konnten sie mich denn bemerken?"

„Ich spüre so etwas", erwidert der Blinde. „Darf ich Sie noch irgendwo hingeleiten?"

„ Zur Apotheke müsste ich"

„Dann kommen Sie, ich kenne mich hier aus."

Er ist noch verstandesklar und von dem alten hohen Selbstgefühl erfüllt, obwohl er es in dieser Welt nicht zu viel gebracht hat. Die Treppe zu seiner Wohnung kann er weiterhin hochsteigen und sich selbst versorgen.

An einem Vormittag kommt er, einen Beutel tragend, vom Einkauf heim. Unten im Haus, bei den Briefkästen stürzt die Hausmeisterin auf ihn zu und flüstert mit verkniffenen Augen:

„Da hat ein Mann nach Ihnen gefragt. – Ganz schwarz war er gekleidet. Zielstrebig ist er die Treppe hinaufgegangen, und oben habe ich deutlich Ihre Wohnungstür gehen gehört. Der Mann muss einen Schlüssel gehabt haben."

„Ich werde sehen."

Die Hausmeisterin zieht sich zurück, und er steigt die

Treppe hoch.

'Wer sollte da gekommen sein?' – Auf halber Höhe hält er inne. 'Ich fühl' mich, ach, so schwach und müde, wie damals, als mir so wundersam geholfen wurde. – Mir ist besonders eigenartig zumute ...'

Oben angekommen schließt er mit unruhiger Hand die Wohnungstür auf und tritt in den dämmerigen Vorraum. Ein fremder lähmender Geruch schlägt ihm entgegen.

'Ein Ungeruch. – Da scheint in der Tat jemand herein gekommen zu sein und ist vielleicht noch da.'

In der Küche zeigt sich niemand. Er legt seinen Beutel auf den Tisch. 'Wo wird er sein? Hier ist er nicht.'

Im Bad nicht und auch nicht im Arbeitszimmer mit den vielen Büchern. „O, dieses Alter!" stöhnt er. „Jetzt bin ich wirklich alt. – Bin ich denn jemals jung gewesen?"

Niemand im Wohnzimmer. Unberührt stehen die vertrauten Möbel und die kleinen Schätze in der Vitrine und auf der Kommode.

'Wie fern mir das alles geworden ist. Leicht könnte ich mich jetzt von allen den einst so geliebten Schätzen trennen.'

Linkerhand geht es ins Schlafzimmer. Er zieht das Monokel hervor und klemmt es ein.

Am Ende seiner Kräfte öffnet er die Tür, der lähmende Ungeruch schlägt ihm verstärkt entgegen, und – großer Gott! – da sitzt jemand, da sitzt jemand auf dem Stuhl beim Spiegel. Seine Lippen verziehen sich zu einem starren Lächeln. Er hebt die Hand und winkt den Eingetretenen mit dem Zeigefinger zu sich heran. Doktor Rochus Muräner entfällt das Monokel.

„Erst gestern habe ich ihn noch gesehen."
„Es kommt oft so schnell und unerwartet."
„Die Möller hat ihn im Schlafzimmer gefunden."
„Immerhin war er schon sehr alt."
„Soll keine Angehörigen haben."
„Nun, die Ämter werden schon alles richten. Er war schließlich Beamter."
„Gestern war ein fremder schwarzgekleideter Mann im Haus. Er ist hinaufgegangen, und oben habe deutlich ich die Wohnungstüre des Verstorbenen gehen gehört."
„Seltsam!"
So tauschen einige der Hausbewohner sich aus, unten im Haus, bei den Briefkästen.

Bald nachdem seine Wohnung geräumt ist, denkt niemand mehr an den alten Herrn mit dem hohen Selbstgefühl. Es war, als hätte es ihn nie gegeben.

Der Autor

Heinrich B. Siedentopf, Jahrgang 1935, studiert in Tübingen und promoviert dort im Fach Klassische Archäologie. Im Anschluss arbeitet er an der Bayerischen Akademie der Wissenschaften in München. Teilnahme an den deutschen Grabungen in Samos, Tiryns und Ägina. Lehraufträge an der Universität und Verfasser von Arbeiten über vorgriechische und griechische Kunst. Früh fasziniert ihn die schöne Literatur. In der Schulzeit schreibt er Gedichte und Theaterstücke, später die Kurzgeschichten *Der fremde Mann, Die Lichtangel* und *Die Reise nach Jerusalem*. Im Jahr 2010 erscheint die Erzählsammlung *Poesie auf Reisen* und die Erzählung *Das Mädchen aus Eresos*. Er beschäftigt sich mit der Rekonstruktion altgriechischer Musik und komponiert Stücke für Kammermusik sowie Lieder.

ISBN 9783839144206
224 Seiten, 13,90 € inkl. MwSt.
BoD Verlag

Poesie auf Reisen Heinrich B. Siedentopf

In drei Rahmenhandlungen sind 40 wundersame, märchenhafte und surreale Erzählungen eingefügt. Der erste Rahmen „Eintritt frei" stellt einen Geschichtenmacher dar, der in einem ehemaligen Hutladen seine Werke darbietet. Im Mittelpunkt des zweiten Rahmens „Nimmermehrs Flucht" steht ein Student, der zu den sieben Zwergen flieht. Er lauscht ihren Erzählungen, die allein zur Freude geschaffen sind und nicht, wie an der Universität, analysiert und kommentiert werden müssen. Im dritten Rahmen „Poesie auf Reisen" fährt ein junger Autor zum ersten Mal nach Rom. Im Zugabteil notiert er seine Erlebnisse und erträumt neue Fantasien und Geschichten.

Kostbare literarische – oft poetisch zarte Miniaturen.
Beim Lesegenuss werden phantastische Bilder lebendig –
mit bizarren Figuren in traumhaften Situationen und
Landschaften, die wie faszinierende Fantasy-Filmbilder
noch lange im Gedächtnis weiterschwingen.

Peter Schamoni

ISBN 9783839144206
136 Seiten, 8,90 € inkl. MwSt.
BoD Verlag

Das Mädchen aus Eresos Heinrich B. Siedentopf

Das Mädchen aus Eresos ergänzt die von der Antike bis in unsere Zeit reichende Reihe von Fantasien über die berühmte, altgriechische Lyrikerin Sappho. Von den Alten auch als „zehnte Muse" bezeichnet, wurde sie im letzten Viertel des 7. Jhs. v. Chr. auf der Insel Lesbos geboren, vermutlich in der kleinen Stadt Eresos.

Die Erzählung versetzt den Leser in die Zeit der Kindheit und Jugend der Dichterin, in der sich zugleich ihr ganzes Leben spiegelt. Zitate aus den Liedern der Sappho und denen ihrer Zeitgenossen sind eingeflochten und verleihen dem Ganzen Authentizität.

Eine phantastische Zeitreise in die Gegenwart der Sappho. Getragen vom Rhythmus der in poetischer Prosa verfassten Erzählung, wird der Leser in die Welt der Antike entführt.